Rosemarie Forstmai

Der Hoferbe

Rosemarie Forstmaier

Der Hoferbe

EDITIONNOVA

Genehmigte Sonderausgabe
für EDITIONNOVA GmbH, Rudersberg

Covergestaltung: Beate Lennartz
Coverabbildung: fotolia
Layout und Satz: Roland Poferl Print-Design, Köln

Der Hoferbe

Glühend hing die Sonnenscheibe am Himmel; flirrende, wabernde Hitze, von keinem Lufthauch bewegt, peinigte Mensch und Vieh. Auf den Feldern in der Talsohle und auf den buckligen Leiten der höher gelegenen Gehöfte war die Heuernte in vollem Gang.

Über die ebenen Wiesen des Talgrunds rumpelten hochbeladene Fuhren hinter tuckernden Traktoren, und auf den Hängen und Lehnen, die sich bis zum angrenzenden Bergwald hinaufzogen, plagten sich schwitzend Menschen und Pferde. Hektische Eile herrschte hier wie dort; immer wieder glitten sorgenvolle Blicke hinauf zum Himmel.

Hinter dem scharfgezahnten Grat des langgestreckten Felssattels im Osten quoll und brodelte es herauf, türmte und ballte es sich übereinander, schob es sich langsam höher ins noch heitere Blau.

Die dräuende Wetterwand bildete eine schier gespenstische Kulisse zum großmächtigen Kuglmüllerhof, der stolz und behäbig auf seiner einsamen Anhöhe thronte, sie schien ihn geradewegs verschlingen zu wollen.

Des öfteren schaute die Kuglmüllerin zu ihrem Hof hin. War für sie dieses bedrohliche Dunkel ein Vorbote kommenden Unheils?

Es war eigentlich nicht der Brauch, daß die Bäuerin eines so wohlhabenden Hofes mit auf dem Feld arbeitete. Schon gar nicht, wenn sie nicht mehr jung und auch nicht mehr recht gesund war. Aber es wurde jede Hand gebraucht, um die Ernte trocken unter Dach und Fach zu bringen. Und ein bißl nachrechen, damit ja kein Hälmchen verloren ging das konnte sie allemal noch.

Die Kuglmüllerin blieb stehen, preßte die Hand auf die rechte Seite ihres mageren Leibes, krümmte sich etwas nach vorn. Dieses Schneiden und stechende Wühlen wurde immer schlimmer, kam immer häufiger. Sie würde sich nun doch einmal vom Doktor genauer untersuchen lassen müssen.

Sie wischte sich mit dem Zipfel ihres Kopftuchs übers schweißnasse, gelbliche Gesicht, ehe sie, noch einen Moment auf ihren Rechen gestützt, verschnaufte. Ihr Blick glitt hinunter ins Tal.

»Die da drunten brauchen sich weniger zu plagen«, dachte sie. Ob man sich nicht auch zu einem Bulldog entschließen sollte? So eine Maschine machte wohl wirklich vieles leichter! Sie würde mit dem Leonhard drüber reden. Wenn nur dieser Wehdam in ihr endlich wieder nachlassen wollte! Ja, um den Besuch beim Doktor kam sie nicht mehr herum. Auch darüber mußte sie mit dem Leonhard reden. Er sollte sie fahren. Denn ihr Heini, er war halt aus einem weicheren Holz geschnitzt, regte sich darüber nur auf: Unnötige Sorgen um sie sollte er sich nicht machen.

Nun mußte die Kuglmüllerin sich zum Weitergehen zwingen, um den schon ein gutes Stück vorausgefahrenen Heuwagen einzuholen. Dabei zog sie den hölzernen Rechen leicht über die bereits verdorrenden Grasstoppeln.

Der Leonhard kam ihr entgegen, ein hochgewachsener Bursch um die Dreißig. Auch ihm rann der Schweiß übers sonnengebräunte Gesicht. Er trug die Heugabel geschultert, kam, um das spärliche, nachgerechte Heu aufzusammeln.

Ein Blick in das Gesicht der Kuglmüllerin, das kaum unter dem tief in die Stirn gezogenen Kopftuch hervorlugte, veranlaßte ihn zu einem ehrlich besorgten: »Jessas, hast wieder Schmerzen, Mahm?«

Mahm – so nannte er sie, seit sie vor nunmehr dreiundzwanzig Jahren Mutterstelle an ihm vertrat. Damals, als seine Mutter, eine ledige Magd und entfernte Verwandte der Kuglmüllerin, an einer zu spät behandelten Blutvergiftung gestorben war, hatte sie ihn zu sich genommen und mit ihrem um fünf Jahre jüngeren Buben, dem Heini, aufwachsen lassen. Sie war dem Leonhard eine wirkliche Mutter geworden, wie man unschwer seiner ehrlichen Fürsorge entnehmen konnte.

»Noja, geht schon noch«, wich die Kuglmüllerin aus. Rasch fügte sie hinzu: »Meinst, wir bringen alles trocken heim?« Dabei wies sie auf die höher steigende Wetterwand.

»Gar keine Frag, Mahm«, begütigte der Leonhard mit dem Anflug eines Schmunzelns. »Wir tummeln uns schon. Schau, wie der Heini hinlangt!«

Dies schien, ihrem sichtlich stolzen Nicken nach zu urteilen, durchaus nicht selbstverständlich zu sein.

Er fuhr fort: »Drum kannst jetzt heimgehen.«

»Und wer soll nach …?«

»Jetzt sei so gut! Auf die paar Büschel Heu kommt's wahrhaftig nimmer an.«

»Ist alles eine Gottesgab'!« glaubte sie ihn noch belehren zu müssen, willigte aber doch ein. »Dann geh' ich halt, wennst meinst, Leonhard.«

Er schaute ihr nach, wie sie, ihren Rechen immer noch hinter sich herziehend, davonging, tapfer bemüht, sich aufrecht zu halten. Viel hätte er darum gegeben, hätte er ihr Krankheit und Schmerzen ersparen können, nach allem, was sie an Schwerem schon durchgemacht hatte. Von ihren drei Kindern war ihr nur der jüngste Sohn, der Heini, geblieben; den Mann hatte sie im Krieg verloren. Vielleicht lag da der Grund für, ihre große, oft sogar blinde Nachsicht mit ihrem Einzigen. Dies war das wenige, was man an ihr hätte aussetzen können. Trotz der harten Schicksalsschläge, der großen Verantwortung und all den Sorgen um den Hof hatte sie sich ein mitfühlendes, warmes Herz bewahrt.

Es war nicht gerecht, es durfte einfach nicht sein, daß sie nun auch noch körperliches Leiden erdulden mußte! Der Herrgott konnte das nicht zulassen!

Aber noch während der Leonhard dies dachte, erlosch das zornige Aufbegehren in ihm auch schon wieder, wich einem bedrückenden Gefühl ahnungsvoller Beklommenheit, als er in die Höhe blickte. Auch ihn erschreckte plötzlich das drohende Bild dieses unheilkündende Himmels über dem Kuglmüllerhof. Glichen die sich türmenden dunklen Wolken nicht einem in den Himmel geschriebenen Menetekel?

Indessen hatte die Bäuerin das Fuhrwerk eingeholt. Der Heini kam ihr entgegen, einen mächtigen Heubauschen heranschleppend. Seine breitschultrige, untersetzte Gestalt wankte unter der Last; das gutgeschnittene Gesicht war vor Anstrengung verzerrt.

»Heini, da her!« schrillte es vom Wagen herunter. Gleich darauf griffen zwei kräftige Arme nach der knisternden, duftenden Last, beförderten sie auf der schon hochbeladenen Fuhre akkurat an die richtige Stelle, drückten sie zurecht, um ihr festen Halt zu geben.

Ja, die stämmige Kuni verstand ihre Arbeit, und trotz aller Plagerei lachte sie jetzt übers ganze runde, pausbackige Gesicht zum Hofsohn herunter.

Der Heini hatte sich jedoch bereits seiner Mutter zugewandt, fragte etwas kurzatmig: »Willst schon heim?«

»Ja. Der Leonhard meint, es geht auch ohne mich.«

Fast zuckte so etwas wie Ärger über die immer noch jugendlich und unbedarft wirkende Miene des Fünfundzwanzigjährigen, ehe er hervorstieß: »Der Leonhard muß es ja wissen. Er ist ja eh der Allergscheiteste.« Ohne sich länger um seine Mutter zu kümmern und ohne eine Antwort abzuwarten, machte er sich wieder davon.

Die Kuglmüllerin war unmerklich zusammengezuckt. Es wurde nun des öfteren deutlich, daß es dem Heini nicht passte, im Schatten des tüchtigen, verläßlichen Leonhard zu stehen. Sie nahm das jedoch als durchaus ermunterndes und hoffnungsvolles Anzeichen dafür, daß es ihm allmählich ernst wurde mit den bäuerlichen Pflichten, der Verantwortung und der Arbeit. Nun hatte er sich die Hörner genug abgestoßen; gewiß würde er seiner Aufgabe bald gewachsen sein und ein ebenso umsichtiger, rechtschaffener Mensch wie sein Vater selig werden. Und die Widmooser-Agnes würde wenn sie hier erst einmal Jungbäuerin war – schon dafür sorgen, daß er bei der Stange blieb.

Ach ja, sie hatte es ja von jeher gewußt, daß Verlaß war auf ihren Buben. Bei ihm hatte halt das Erwachsenwerden ein bißl länger gedauert. Sie brauchte der Zukunft gar nicht so ängstlich entgegenzuschauen. Es würde sich gewiß noch alles richten, bis es Zeit für sie war abzutreten.

In diese so beruhigenden Überlegungen hinein hörte die Kuglmüllerin ein erstes fernes Donnergrollen, dazwischen das stets ein wenig zu laute, aufreizende Lachen der Kuni.

In ihr schien sich sogar der Leonhard ausnahmsweise einmal getäuscht zu haben. Nun war sie froh, daß sie seinen Rat nicht befolgt und die Magd doch behalten hatte. Dem Leonhard hatte ihr – zugegebenermaßen – ziemlich vorlautes, rasches Mundwerk nicht gefallen. Er mußte sich halt mit ihr noch zusammenraufen, denn eine tüchtigere Magd gab es bestimmt nirgends. Schon gar nicht mehr in der heutigen Zeit, da Dienstboten immer rarer wurden und Ehhalten vom alten Schlag bereits im Aussterben begriffen waren. Schwere Bauernarbeit wollte kaum noch einer tun; überall hörte man das Schlagwort von der Landflucht.

Und da wollte der Leonhard so ein strammes und arbeitswilliges Weiberleut wie die Kuni nicht auf dem Hof dulden! So ein Blödsinn! Aber auch er war eben nicht ganz unfehlbar, wie der Heini ab und zu anzüglich bemerkte.

So vor sich hin sinnierend, hatte die Kuglmüllerin nun die ansteigende, von alten, breitästigen

Ulmen überschattete Auffahrt erreicht. Eine Auffahrt zu einem Herrenbauernhof.

Großmächtig und behäbig lag er da, der Kuglmüllerhof, geschmückt mit einem wahren Farbenzauber blühender Geranien und Fuchsienstöcke. Zwei prachtvolle Rosmarinstöcke flankierten die geschnitzte, wuchtige Haustür, die einlud, dieses gediegene Anwesen zu betreten.

Doch erloschen war die leuchtende Glut des schier überschäumenden Blumenschmucks. Der sich verdüsternde Himmel schien ihr Glühen aufgesogen zu haben.

*

Heuwagen rumpelten durchs Dorf, man hatte es eilig, die Ladung in die schützenden Scheunen und Tennen zu bekommen. Doch allmählich kehrte bei den Dörflern Feierabend ein; sah man den einen und den anderen vor der Haustür stehen, am Gartenzaun lehnen.

Noch immer stand das schwarzgraue Wolkengetüm im Osten, aber das Rumpeln und Grollen wollte nicht näher kommen. Und noch immer regte sich nicht der geringste Lufthauch, herrschte drückende Schwüle.

Schier unerträglich heiß war es auch in der Stube des Lacknerhofes. Die winzigen, mit einem Eisenkreuz versehenen Fenster, davor der Geranienschmuck, ließen nur wenig Tageslicht herein, so daß das alte Weiblein in seinem Sessel im Dämmerlicht saß.

Sie hielt die dürren, knotigen Hände im Schoß gefaltet, ein grobperliger Rosenkranz ließ sie wie gefesselt erscheinen. Ab und zu bewegten sich die welken Lippen lautlos, öffneten sich die dünnen Lider. Aber gleich darauf döste das Lackner-Ahnl wieder ein, schon viel zu schwach zum wirklichen Erwachen.

Plötzlich hob sie ihren kleinen, nur noch spärlich behaarten Kopf und riß ihre Augen weit auf. Sie versuchte, sich zu erheben. Heiß! Ja, es war ihr viel zu heiß ... Sie brauchte nur ein Fenster zu öffnen ...

Noch während sie versuchte, sich in dem alten, durchgesessenen Lehnstuhl aufzurichten, drangen Hufgetrappel und Wagenrumpeln an ihr Ohr, in ihr Bewußtsein. ›Jessas, ja, der Loisl kommt mit einem Fuder vom Feld heim, vom Heuen, der Ernt‹ ... Aber mit ihrem Enkelsohn war noch einer gekommen, einer, der unhörbar eiskalten Hauch brachte. Das war das letzte, was das uralte Lackner-Ahnl von dieser Welt noch mitbekam, bevor sie hinüberdämmerte ins Jenseits.

Friedlich schlafend schien sie in ihrem Stuhl zu sitzen, als der Loisl eintrat, um nach der Großmutter zu schauen.

»Herr, gib ihr die ewige Ruh'!« murmelte er tonlos und bekreuzigte sich, indes er sich den verschwitzten Hut vom Kopf wischte.

*

Zur selben Zeit befahl die Widmooserin ihrer Tochter: »Spring schnell zur Kramer-Julie, und hol mir ein Packl Weinbeerln! Nimmst aber die kleinen schwarzen, die ergeben besser ...«

»Du meinst, die schaun nach mehr aus«, kam es von der Agnes, einer etwas hageren, farblosen Fünfundzwanzigjährigen, während sie ihrer Mutter ebenso respektlos wie listig zublinzelte.

Diese Dreistigkeit übergehend, meinte die Widmooserin beiläufig: »Wirst es schon noch spannen! Jedenfalls kann die Kuglmüllerin einmal net behaupten, du hättest daheim keine Sparsamkeit gelernt.«

Auf diese geradezu verwegene Idee wäre im ganzen Umkreis niemand gekommen, denn der Geiz der Widmooserin war sprichwörtlich.

Während sie Kleingeld aus einer verrosteten Teebüchse zählte, fügte sie hinzu: »Tummelst dich aber! Hernach sind die Geranien zu gießen!«

Sich das fahlblonde Haar vor dem schon arg fleckigen Spiegel zurechtzupfend, der über dem Ausguß hing, maulte die Agnes: »Wenn's doch eh bald regnet ...«

»Freilich, unters Dach wird's regnen! Herrgott, Dirndl, daß man dich zu allem hinschieben muß! Du wirst dich noch einmal umschaun als Kuglmüllerin, wennst dich selbst um alles zu kümmern hast. Da wirst dich anders umtun müssen!«

Schweigend nahm die Agnes das Geld in Empfang, dachte sich jedoch dabei, daß sie sich als reiche Kuglmüllerin bestimmt keinen Haxen auszureißen brauchte. So wie ihre Mutter, die so gar nichts von ihrem Leben hatte, wollte sie ihres bestimmt nicht verbringen.

»Jetzt marschier endlich, los! Das Essen muß rechtzeitig auf den Tisch. Der Vater muß auf d' Nacht wieder fort.«

»Als ob das was Besonderes wär'!«

»Er ist halt nun mal Bürgermeister«, gab die Widmooserin aufseufzend zurück. Nein, glücklich war sie mit diesem Ehrenamt ihres Mannes auch nach der zweiten Wahlperiode noch nicht. Es brachte so gut wie nichts ein – außer Ärger und Mühe. Dieses Für-nichts-und-wieder-nichts war es, was sie wohl am meisten aufbrachte. Diese paar Markl Aufwandsentschädigung waren es durchaus nicht wert, daß man dafür daheim seine Arbeit versäumte. Und der Ihrige war leider nicht der Mensch, um sich von diesem Posten hie und da einen kleinen Vorteil zu verschaffen. Auch dies ärgerte sie nicht wenig.

»Jessas, ist das eine Hitz'!« stöhnte sie und wischte sich über die Stirn.

Doch die Agnes war schon aus der Tür.

*

Vom nahen Kirchturm herab erklang das dünne Wimmern des Sterbeglöckls; schrill und hoch schwang es weit hinaus durchs Tal. Wer es hörte, hob betroffen den Kopf, bekreuzigte sich.

»Jesus, sei der armen Seel gnädig!« murmelte die Amrainerin, schob ein Holzscheit in den Ofen, auf dem das Nachtessen kochte. »Was mag da passiert sein? Ein Unfall?«

Die Sanni kam aus der angrenzenden Speisekammer herein und verkündete: »Suppennudeln sind keine mehr da, Mutter.« Sie war ein auffallend hübsches Dirndl. Große, leuchtendblaue Augen standen in reizvollem Kontrast zu dunklem, fast schwarzem Haar. Sie hatte ein Figurl, so schlank und fein wie gedrechselt.

»Herrje, auch das noch. Geh, radel g'schwind ins Dorf! Nachher fragst auch gleich, wer g'storben ist!« Fast ein wenig verlegen ob ihrer Neugier fügte die Amrainerin rasch hinzu: »Damit man sich auf den Rosenkranz einrichten kann.«

»Meinst, das Wetter hält aus?«

»Für das Katzensprüngl allemal. Darfst dich halt nirgends verratschen.«

So, wie die Sanni war, in ihrem verwaschenen, ausgebleichten Dirndlgewand, surrte sie aus dem Haus.

»Wo rennst denn du noch hin?« fragte die Leni, Sannis um drei Jahre ältere Schwester, die mit zwei dicken Salatköpfen aus dem Gemüsegarten kam.

»Suppennudeln holen«, kam es knapp von der Jüngeren. »Und fragen, wer gestorben ist.«

Dies hatte auch der Vater gehört, der zusammen mit dem Hoferben Kaspi einen leeren Leiterwagen von der Tenne herab in den Schupfen schob. »Bringst mir ein Packl Tabak mit!« rief er ihr nach.

Die Sanni nickte nur und trat in die Pedale, wich einer Hühnerschar aus, die kopflos auseinanderstob.

Wenn sich die Sanni auch vorgenommen hatte, sich nicht zu verratschen, so war das leichter gesagt als getan. Zumal sie vor dem Gemischtwarenladen der Kramer-Julie die Widmooser-Agnes, ein Packl Korinthen in der Hand, traf. Nicht, daß sie mit der Bürgermeisterstochter eine sonderliche Freundschaft verbunden hätte. Dies konnte schwerlich jemand behaupten. Doch zu einem Ratsch war die Agnes allemal und jederzeit aufgelegt.

Noch ehe die Sanni von ihrem Rad abgestiegen war, rief die Agnes ihr zu: »Grüß dich, Sanni! Hast es schon gehört von dem alten Lackner-Ahnl?«

»Nein, was denn?« Die Amrainer-Tochter lehnte ihr Fahrzeug gegen die Hausmauer.

»Hast es net läuten hören, vorhin? Der Schlag hat das alte Weibl getroffen. Und mutterseelenallein ist sie gewesen, hat ohne christlichen Beistand sterben müssen«, berichtete die Agnes mit anklagender Stimme und schier platzend vor Wichtigkeit.

»Na, so was.«

»Ist das net fürchterlich? So ein alt's Leut allein sterben lassen!«

»Was hat ihr denn gefehlt? Wo sind denn die Lacknerischen ...?«

»Ich sag' doch, der Schlag hat sie getroffen, als die Lacknerischen auf dem Feld gewesen sind.«

»Dafür kann doch niemand was.«

Der grüne Geländewagen, der unter der mächtigen Linde anhielt, die den Dorfbrunnen überschattete, ließ die Agnes die jäh in ihr aufgestiegene Gereiztheit vergessen. Der Mann in grüner Jägeruniform, der nun ausstieg, nahm ihre ganze Aufmerksamkeit in Anspruch.

Die Sanni anrempelnd, zischelte sie: »Da, schau, das muß unser neuer Förster sein.« Dabei schwang geradezu ehrfürchtige Hochachtung in ihrem ansonsten ziemlich überheblichen Ton. »Gell, ein fescher Mensch? Und so schneidig!«

Sanni konnte – außer der auffallenden Uniform, der hier ungewohnten Hutform mit der einseitig aufgebogenen Krempe – nichts Besonderes finden an diesem hochaufgeschossenen, hageren Mann, der um die Dreißig sein mochte. Als er näher kam, was die Agnes zu einem halb nervösen, halb verschämten Kichern veranlasste, sah die Sanni, daß er ein scharfnasiges Gesicht hatte. Sie konstatierte außerdem: langes Kinn, rotblondes Bärtchen über der Oberlippe, blaßblaue Magermilchaugen. Nein, an dem Mann war nichts Aufregendes!

»Grüß Gott, die Damen!« sagte er und lüftete den Hut mit übertriebenem Schwung von dem bereits spärlich behaarten Schädel. Zackig schlug er die Hacken zusammen und verbeugte sich. Dabei saugte sich sein wie verwaschen wirkender Blick an der Amrainer-Sanni förmlich fest.

Die erwiderte den Gruß kaum verständlich.

Mit einem unüberhörbaren: »Grüß Gott, Herr Förster!« brachte die Agnes sich in Erinnerung. »Gelt, Sie sind unser neuer Herr Förster?«

Sichtlich geschmeichelt von soviel Aufmerksamkeit knallte der grün Uniformierte zum zweitenmal die Hacken zusammen, stellte sich vor: »Jawohl, Alfred Netterer, Revierförster. Nomen est omen, wie man so treffend sagt.«

Die beiden Mädchen nickten und lächelten hilflos.

»Der Name kennzeichnet einen Menschen«, erklärte er nachsichtig.

»Ich glaub, ich muß jetzt gehen«, murmelte die Sanni, wollte davon, in den Laden.

Erneut galt seine Aufmerksamkeit nur ihr.

»Ich bitt' Sie, so warten S' doch, Fräulein ...? Fräulein ...? Ich wollt' Sie fragen ... Sie wissen doch sicher, wo der Bürgermeister wohnt.«

»Freilich. Der ... der Bürgermeister! Das ist mein Vater!«, kam die Antwort von Agnes.

Nun erst schien Alfred Netterer wieder von der Agnes Notiz zu nehmen. Aber wie! Es riß ihn direkt. Plötzlich verzog er die schmalen Lippen zu einem hocherfreuten Lächeln. »Nein, im Ernst! Das nenn' ich einen Zufall, Fräulein ...?«

»Widmooser. Agnes Widmooser. Zu mir können S' ruhig Agnes sagen, Herr Förster!« Sie strahlte ihn an.

Die Sanni war nun überflüssig, wurde offenbar nicht mehr gebraucht. Man schien es nicht einmal zu bemerken, daß sie sich umwandte, flink wie ein Mäusl davonhuschte und im Laden verschwand.

Es war schon merkwürdig. Nachdem Alfred Netterer begriffen hatte, daß es sich bei der Agnes um die Tochter des Bürgermeisters handelte, schien sie plötzlich Vorzüge aufzuweisen, die ihn geradezu faszinierten, so hingerissen bemühte er sich um sie.

Überschwenglich wiederholte er: »Das nenn' ich einen Zufall!« Ihr tief in die Augen schauend, fuhr er fort: »Fräulein Agnes, nein, wirklich, daß es solche Zufälle gibt! Frag ich nach dem Bürgermeister, und derweil …«

»Brauchen S' ihn' Herr Förster?« unterbrach sie ihn. Man sagte von ihr offenbar nicht umsonst, daß sie eine Kopfgesteuerte war, denn sie hatte die Lage bereits fest umrissen und durchaus im Griff.

»Im Gemeindeamt hab' ich ihn auch nicht angetroffen …«

»Jessas, wo denken S' denn hin, Herr Förster! Da hält er sich nur am Vormittag auf. Der Posten ist doch in unserer kleinen Gemeinde bloß ehrenamtlich.«

»Ja, dann muß ich halt morgen …«

»Nein, nein, durchaus net, wenn's wichtig ist«, fiel die Agnes ihm erneut ins Wort. »Bis um sieben ist er daheim. Wenn S' möchten, kommen S' halt gleich mit mir mit.«

Nun schien er etwas verunsichert, strich sich das rotgoldene, spärliche Bärtchen glatt, ehe er zögernd erwiderte: »Nun ja, im Grund hab' ich mich ja bloß vorstellen wollen. Sie verstehen, Fräulein Agnes?« Dabei wandte er seine Magermilchaugen von ihr ab und schaute auf seine Schuhspitzen.

»Das können S' auch bei uns daheim. Und bei uns ist's allemal gemütlicher als in der Amtsstuben. Kommen S' nur gleich mit, Herr Förster!«

Alfred Netterer hatte sich bereits überreden lassen. »Sollen wir zu Fuß gehen oder fahren?«

Gar keine Frage, daß sie sich diese Gelegenheit nicht entgehen ließ. Obgleich es nur ein Katzensprung bis zum elterlichen Hof war, wollte die Agnes gefahren werden.

Als die Amrainer-Sanni ihren bescheidenen Einkauf erledigt hatte und den Laden verließ, ratterte der Geländewagen, in dem die Agnes bolzengerade aufgerichtet saß, gerade davon. ›Gspaßig!‹ dachte die Sanni, denn ein wenig merkwürdig kam ihr dieses Benehmen schon vor!

Sie fand es durchaus nicht in der Ordnung; sich an ein wildfremdes Mannsbild gleich so heranzuschmeißen. Bloß weil er der neue Revierförster war! Die Agnes war doch mit dem Kuglmüller-Heini so gut wie versprochen! Während die Sanni aus dem Dorf radelte, suchte ihr Blick unwillkürlich den stolzen, stattlichen Kuglmüllerhof auf der einsamen Anhöhe. Gleich darauf schrie sie entsetzt auf!

Es war nicht die eigene Gefahr, die sie erschreckt hatte, als der grellblendende Strahl aus der schwarzgeballten Wolkenwand herniederzuckte. Es hatte ausgesehen, als würde der Blitz geradewegs in den Kuglmüllerhof herabfahren. Dieses schauerliche Bild traf sie bis ins Innerste. Als dann der Donnerschlag durchs Tal rollte, so gewaltig; als sollte die Erde erzittern, schoß jähe Angst in ihr auf.

Sie mußte daheim sein, ehe das Unwetter über ihr mit all seiner drohenden Gewalt losbrach.

*

Der Heuwagen mit dem letzten Fuder holperte wankend und schaukelnd über den abgeernteten Wiesenboden auf den Kuglmüllerhof zu. Der Jungknecht Berzl führte die Pferde, die trotz der Erschöpfung nervös wirkten, das nahende Unwetter spürten und von unzähligen angriffswütigen Bremsen geplagt wurden.

Hinter der Fuhre gingen der Leonhard und der Hofsohn Heini, beide mit geschulterter Heugabel.

Sich mit dem tiefgebräunten, sehnigen Arm übers Gesicht wischend, sagte der Leonhard: »Na also, gut ist's gegangen! Heut' haben wir uns den Feierabend redlich verdient.«

»Und eine frische Maß oder zwei.«

»Von mir aus auch das. Hauptsach', unser Heu ist trocken herin.«

»Aber gell' Heini, abgeladen wird heut aber nimmer«, kam es von der Kuni, die hoch droben auf dem Fuder saß.

»Wär' mir grad schön genug!« brummte der Heini.

Daraufhin stapften die beiden Mannsbilder wieder schweigend nebeneinander her. Sonderlich viel gab es zwischen ihnen, die doch miteinander aufgewachsen waren, ohnehin nie zu reden.

Droben auf dem Wagen lehnte sich die Kuni an den Wiesbaum, der die festgepreßte Last zusammenhielt. Sie war sechsundzwanzig Jahre alt, die Kuni, fest und stämmig, und alles an ihr strotzte nur so vor Kraft und Gesundheit.

Ein Klatschen, ein zufriedenes: »Wieder so ein Mistviech weniger«, und sie wischte sich den blutigen Fleck, eben noch eine saugende Bremse, mit einem Heubüschel vom prallen Oberschenkel. Die Kuni hatte den Rock nicht nur wegen der Hitze weit über die Knie hochgeschoben. Unter halbgeschlossenen Lidern hervor registrierte sie jeden Blick, den der Hofsohn ihr verstohlen zuwarf.

Die dräuende Schwärze über ihr interessierte sie nicht. Sie wob und spann schon wieder an ihrem Lieblingstraum, knüpfte wie eine Kreuzspinne ihre Fäden, um ihr Opfer darin einzuhaspeln.

Kunis ganzes Trachten zielte darauf, einmal Bäuerin, Kuglmüllerin, zu werden. Für eine Magd eigentlich schier ein Ding der Unmöglichkeit. Doch auf diesem Hof gab es etliches, was ihrem ehrgeizigen Plan förderlich sein konnte und ihn durchaus nicht völlig abwegig erscheinen ließ.

Der Heini war ein verwöhnter, noch recht unreifer Bursch, leicht beeinflußbar, wie sie glaubte.

Ihm stand seine Mutter – auch das war nicht zu übersehen – ziemlich hilflos gegenüber mit ihrem Nachgeben und ihrem Entschuldigen; eben halt mit ihrer blinden Mutterliebe.

Am wenigsten störte die Kuni die Tatsache, daß der Heini ja eigentlich schon einer anderen gehörte. So eine fade Nockn wie die eingebildete Bürgermeisterstochter brauchte man wohl kaum zu fürchten. Zudem hatte es bereits einige andere So-gut-wie-Versprochene gegeben, denn der Heini war auch in der Hinsicht recht unstet und wenig verläßlich. Doch sie, Kuni, etwas älter und um einiges erfahrener als er, würde ihn schon zu nehmen wissen. Das traute sie sich allemal zu.

In ihrem Plan gab es jedoch einen, vor dem sie sich in acht nehmen mußte: Leonhard! Dieser Wichtigtuer und Gschaftlhuber, der seine Augen überall hatte, durfte zuallerletzt merken, worauf sie aus war.

Sie mochte ihn nicht, den aufrechten, treuen und verläßlichen. Soviel untadeliger Rechtschaffenheit mißtraute sie. Daß die Abneigung auf Gegenseitigkeit beruhte, machte sie nur noch vorsichtiger.

Nein, die Kuni nahm ihm die selbstlosen Absichten nicht ab. Der Leonhard war auch nicht viel mehr als ein Dienstbote, der seinen Vorteil im Auge hatte. Gewiß erhoffte er sich von der Bäuerin so einiges. Außerdem – nicht umsonst herrschte zwischen dem Heini und ihm keine sonderlich innige Freundschaft!

Ein neuerlicher Bremsenstich, hoch am Rocksaum, riß die Kuni aus ihren Überlegungen. Auch dieses blutgierige Insekt wurde mit einem klatschenden Schlag zerquetscht.

Beide Mannsleute hoben die Köpfe, schauten zu ihr herauf. Der Leonhard mißbilligend wegen soviel freizügig gezeigter Reize, der Heini breit grinsend.

»Ja mei, was kann ich dafür, daß ich so ein süßes Blut hab«, entschuldigte die Kuni sich schnippisch, zog jedoch den Rock über die Knie herab, denn man fuhr in den Hof ein.

Ein greller Blitz zuckte hernieder; es folgte ein krachender Donnerschlag.

Noch einmal mußten sich die Pferde hart ins Geschirr legen, um den Heuwagen die Auffahrt zur Tenne hinaufzuziehen. Es ging durchs weitgeöffnete Scheunentor hinein ins stickig heiße, dämmrige Dunkel.

Nun mußte die Kuni herunter von ihrer luftigen Höhe. Sie hockte sich auf den äußersten Rand der Fuhre, dann rutschte sie hinab. Das tat sie so geschickt, daß sie gradwegs vor dem Heini aufkam. Rasch hielt sie sich an ihm fest und lehnte sich gegen seine Brust.

»Paß doch auf! Jetzt hättest mich aber bald umgrissen«, entfuhr es ihm. Aber schon schoß ihm unter der Berührung dieses üppigen Körpers eine heiße Flamme ins Blut. Jäh preßte er die Kuni an sich.

»Wär' dir das so zuwider, wenn's uns zwei miteinander umreißen tät'?« flüsterte sie.

Indessen hatten der Berzl und der Leonhard begonnen, die Pferde auszuschirren. Ein Zugscheit fiel dumpf auf den Tennenboden.

Das ließ den Heini erschreckt zusammenfahren, brachte ihn zur Besinnung. Wie kraftlos sanken seine Arme herab. »Nein, du, lieber net! Das wär' mir ein bißl zu gefährlich.« Seine Stimme klang belegt. Er räusperte sich und ging rasch davon.

Mit zusammengekniffenen Augen starrte die Kuni ihm nach, ein wissendes Lächeln kräuselte ihre Lippen.

Derweil für das Gesinde erneut Arbeit anstand – der Leonhard mußte die Rösser versorgen, tränken und füttern, die Kuni und der Jungknecht in den Stall –, wusch sich der Heini am Brunnen vor dem Haus. Er ließ sich das eiskalte Wasser über den Kopf und den nackten Rücken rinnen, bis er einem gesottenen Krebs glich.

Besorgt kam die Kuglmüllerin aus dem Haus gehastet, drängte ihm ein Handtuch auf. Jessas, Bub, net daß du dir den Tod holst!« Doch ihre Hauptsorge, er könnte einen eiskalten Trunk tun, war absolut unbegründet.

»Jetzt eine Halbe Bier!« stieß er schnaubend hervor, sich die glitzernden Tröpfl abtrocknend.

»Die hast dir heut' verdient«, stimmte sie ihm mit einem wohlwollenden Lächeln zu. »Komm nur gleich herein!«

Das grelle Zucken eines Blitzes und gewaltiges Rumpeln trieben sie rasch ins Haus.

Als sich das Gewitter mit Sturmgetös' und mit schwer herniederprasselndem Regen endlich richtig entlud, hatte der Heini seinen Durst schon so fleißig gelöscht, daß man den Schutz des Allmächtigen ohne ihn anflehen mußte. Während alle um das schwarze, geweihte Wachsstöckl saßen und den Rosenkranz beteten, hockte er auf der Bank im finsteren Ofenwinkel – das Bierflaschl neben sich – und stierte mit glasigen Augen zu den anderen hinüber. Sein Blick blieb des öfteren an Kunis festem Nacken und ihren breit ausladenden Hüften hängen.

Trotz der grellgrün aufflammenden Blitze und der krachenden Donnerschläge wirkte das monotone Gemurmel der Betenden auf ihn einschläfernd. Alles, wozu er sich dann noch aufraffen konnte, war ein hastig über Stirn, Lippen und Brust hingewischtes Kreuzzeichen, bevor er aus der Stube tappte. Das Flaschl hatte er bei sich.

Leonhard starrte unverwandt auf das in der Zugluft flackernde Kerzenflämmchen, wohl um dem Blick seiner Mahm nicht begegnen zu müssen.

Das Gewitter hatte sich verzogen. Hier und dort noch schwaches Wetterleuchten am nachtschwarzen Himmel und das Tropfen der Nässe von Dächern und Bäumen. Auf dem Kuglmüllerhof war es inzwischen still geworden.

Plötzlich knarrte eine Tür – leise, ganz leise. Eine weißgewandete Gestalt schob sich auf den stockfinsteren Flur, schlich auf nackten Füßen zur Kammertür des Hofsohnes und verschwand lautlos in dem Raum. Auch hier herrschte undurchdringliche Finsternis. Doch mit sicherem Schritt fand die Kuni die Bettstatt, ließ sich vorsichtig darauf nieder.

In das gleichmäßige Rasseln und Schnarchen hinein, das aus den prallgefüllten Pfühlen drang, wisperte sie: «Heini! Heini, wach auf!« Dazu ein behutsames Lupfen und Rütteln an der Bettdekke, am Schlafenden.

Dieser fuhr jählings in die Höhe, wobei ihm ein schlaftrunkenes: »Was ist los?« entfuhr.

»Pst! Sei still! Ich bin's bloß.«

Zwar wach, aber durchaus noch nicht wieder nüchtern, murmelte der Heini unsicher: »Was willst denn mitten in der Nacht?«

»Ich fürcht' mich, Heini, vorm Gewitter ...«

»Ah, geh! Was net gar ...« Ein leises Lachen kam ihn an.

»Doch, Hein, gewiß wahr. Ich fürcht' mich.«

Bis er begriff' daß das Unwetter längst abgezogen war, war es schon geschehen. Ein üppiger heißer Mädchenkörper drängte sich an ihn; hungrige Lippen ließen Skrupel erst gar nicht aufkommen.

Hoch über dem Tal blinkte hier und dort ein Stückchen eines frischgewaschenen Sternenhimmels. Der Mond kam hinter verschwimmendem Gewölk hervor. Ihn umgab ein milchig weißer Hof; das Wetter würde umschlagen.

*

Am nächsten Morgen wäre die Kuglmüllerin gern ein Weilchen länger im Bett geblieben als sonst, aber ihr Pflichtbewußtsein erlaubte das nicht; sie mußte heraus. Auch wenn sie sich so elend und zerschlagen fühlte, daß sie kaum genug Kraft aufbrachte, sich anzuziehen.

Dieser wühlende, reißende Schmerz in ihrem Leib hatte sie fast die ganze Nacht über kein Auge zutun lassen. Sie hätte gestern nicht mit ins Heu gehen sollen. Da hatte sie sich wohl ein wenig überanstrengt, irgendwas in ihrem Innern rebellisch gemacht.

Als sie sich die grauen, arg dünn gewordenen Zöpfe feststeckte und in den Spiegel schaute, erschrak sie. Die Augen lagen tief in dunkel umrandeten Höhlen, und ihre Haut sah merkwürdig gelblich aus, so wie vergilbtes Papier.

Der Kuni schien jedoch nichts aufzufallen, als sie ein paar Minuten später mit einem »Gut' Morgen, Bäuerin!« an der Kuglmüllerin vorbeilief und die Stiege hinabeilte. Dabei summte die Kuni fröhlich vor sich hin, offenbar bester Laune.

›Na ja, die Jugend halt!‹ dachte die Bäuerin, sich am Geländer langsam und vorsichtig treppab schleppend.

In der Küche herrschte noch Halbdunkel. Auch draußen wollte es nicht so recht Tag werden. Ein grauer, regnerischer Morgen preßte sich gegen die Fensterscheiben.

Was für ein Glück, daß man gestern das ganze Heu trocken unter Dach und Fach gebracht hatte!

Die Kuglmüllerin hörte den Leonhard, gleich darauf den Berzl die Stiege herabpoltern und in den Stall gehen. Den Heini ließ der Bettzipfel offenbar wieder einmal nicht so schnell los.

»Sei's ihm vergönnt«, murmelte sie nachsichtig vor sich hin. Es dauerte heute länger, bis das Feuer im Herd brannte, die großen Tiegel und Häfen, in denen der Kälbertrank bereitet wurde, darauf standen. Das Hantieren mit den schweren Kübeln, das Heben, wurde zur qualvollen Last für die Kuglmüllerin.

Die Kuni, die den Kälbertrank stets holte, mußte sich an diesem Morgen die dampfenden

Tiegel selber vom Herd wuchten. »Ist dir net gut, Bäuerin?« fragte sie betont gleichmütig, im Blick jedoch ein gewisses Lauern.

»Net besonders«, mußte die Kuglmüllerin zugeben. Ein leichter Schwindel befiel sie, und sie setzte sich rasch nieder.

»Jessas, was hast denn? Bleib nur still hocken, Bäuerin, und rühr dich nimmer, bis ich mit der Stallarbeit fertig bin«, tat die Dirn fürsorglich.

»Unsinn, Kuni. Es geht gleich wieder.«

»Naa, naa, Bäuerin, strapazier dich net! Ich hab's bald im Stall ...«

»Ja, geh und tummel dich!«

»Daß du mir aber nix anrührst!« mahnte die Kuni noch, ehe sie mit den beiden dampfenden, schier überschwappenden Trankkübeln die Küche verließ.

»Ein braves Madl – und so fleißig! Bloß zur Hausarbeit kann man sie leider nicht recht gebrauchen. Sie hat für die Kocherei zu wenig Geschick, dachte die Bäuerin.

Jemand polterte die Stiege hinauf, und die Kuglmüllerin fuhr zusammen. Herrje, der Heini war immer noch nicht aus den Federn, er mußte wieder einmal vom Leonhard geweckt werden!

Mit einem ziemlich heftigen: »Himmiherrgott, so steh endlich auf!« rumpelte der Leonhard in Heinis Kammer. »Du weißt doch, daß heut, ein Haufen Arbeit ansteht!«

»Was plärrst denn wie ein Jochgeier«, brachte der Heini, sich aufrichtend, hervor. »So ein Aufruhr in aller Herrgottsfrüh ...«

»Steh auf! Die Fuder müssen abgeladen werden.«

Der Heini fuhr sich mit den gespreizten Fingern durch den dicken, braunen Haarschopf, hatte eine heftige Erwiderung auf der Zunge, als er mit der Linken etwas auf dem zerknüllten Laken ertastete, das ihm einen eiskalten Schreck einjagte. Er konnte nur hoffen, daß der Leonhard die beinerne Haarnadel nicht erspäht hatte.

Der Leonhard wandte sich ab und ging hinaus. Er hatte die Haarnadel gesehen. Anstatt seinen Ziehbruder zur Rede zu stellen, was ihm – der Heini war ein erwachsenes Mannsbild – wenig zugestanden hätte, schämte er sich für ihn. Ja, ihm war das Benehmen des zukünftigen Hoferben peinlich. Zugleich stand für ihn fest, daß die Kuni vom Hof mußte, ehe größerer Schaden entstand und die Mahm etwas erfuhr. Eine derartige Entgleisung ihres Einzigen hätte sie nur schwerlich verwunden.

Indessen war auch dem Heini klargeworden, auf was er sich eingelassen hatte. »Oh, ich Hornochs, ich dappiger«, stöhnte er reumütig auf.

»Das muß ein End, haben, noch ehe es recht angefangen hat!« schwor er sich hoch und heilig. Er erriet unschwer, worauf es die Kuni abgesehen hatte. Nein, er würde nicht hineintappen in diese Falle wie ein heuriger Has'!

Als man einige Zeit später um den Küchentisch beim gemeinsamen Frühstück saß, machte der Heini einen etwas gedämpften Eindruck, wich Kunis Blicken geflissentlich aus. Zudem wurmte es ihn ganz gehörig, daß sich der Leonhard anbot, die Mutter zum Doktor zu fahren.

Er antwortete der Kuni nur mit einem abweisenden Raunzer, als sie ihm mit einem Augenzwinkem zuflüsterte: »Laß ihn doch zurennen, diesen Wichtigmacher! Dafür sind wir ganz allein im Haus!«

Da schnitt sie sich aber gewaltig, wenn sie meinte, bereits Oberwasser zu haben!

Kaum hatten der Leonhard und die Kuglmüllerin den Hof verlassen, holte sich der Heini trotz der frühen Stunde etliche Flaschl Bier aus dem Keller und machte es sich damit in der Stube bequem. Weil es halt so früh war, gerade acht Uhr vorbei, brauchte er auch noch ein Schnapsl, um den Magen anzuwärmen.

Sobald er etwas getrunken hatte, schaute die Welt gleich ganz anders aus. Auch sein Fehltritt in der vergangenen Nacht kam ihm nicht mehr so gefährlich vor. Ein Ausrutscher halt, wie er jedem Mannsbild aus Fleisch und Blut passieren konnte! Der Kuni wollte er schon gründlich heimleuchten, wenn sie sich deswegen irgendwelche Schwachheiten einbildete! Ihn konnte niemand so einfach hereinlegen, eine habgierige Bauerndirn schon gleich gar nicht!

Noch während er sich dies überlegte, dabei wieder fidel und unbesorgt wurde, kam die Kuni in die Stube.

Mit einem raschen Blick die Flaschen streifend, meinte sie: »Ein bißl arg früh, findest net?«

»Geht's dich was an?«

»Na, na, net gleich so grob. Heut nacht …«

»Ich kann mich rein an gar nix mehr erinnern, was heut nacht gewesen sein sollt'«, versicherte der Heini schnell.

»Ich schon! Gut sogar«, erwiderte die Kuni herausfordernd und unerschrocken.

»Wär' gscheiter, wennst es auch vergißt. Einmal ist keinmal«

»Wer weiß?« kam es rätselhaft von ihr zurück.

Abweisend stieß er hervor: »Da wirst dich gewaltig verrechnen. Wenn die Mutter was spannt, nachher kannst auf der Stell' dein Gelump z'sammpacken und …«

»Sie braucht ja nix zu spannen. Von mir erfahrt sie bestimmt nix«, meinte die Kuni leichthin und unverdrossen.

Argwöhnisch sah der Heini zu ihr hinüber, ehe er rundheraus fragte: »Was erhoffst dir denn eigentlich? Mir kommt's arg leichtsinnig vor, was du da treibst …«

»Ich fürcht' mich net«, unterbrach die Kuni ihn mit einem selbstsicheren Schmunzeln.

»Mei, du hast ganz schön Schneid«, mußte er fast widerwillig zugeben, und dabei schwang Bewunderung in seinem Ton. Zischend öffnete er ein neues Bierflaschl, setzte es an die Lippen und trank in langen, durstigen Zügen. Sich mit dem Handrücken über die Lippen wischend, hob er ihr die halbgeleerte Flasche entgegen. »Magst auch einen Schluck?«

Die Kuni nahm die Flasche und setzte sie an die Lippen. Doch nur, um ihm einen Gefallen zu tun, wie man ihrer angewiderten Miene entnehmen konnte.

»Ein Schnapsl auch?«

Das lehnte sie entschieden ab. »Die Fuder müssen abgeladen werden, hat der Leonhard angschafft.«

»Freilich, sonst nix mehr. Er kutschiert in der Weltg'schicht' umeinander, und wir sollen schuften. Der Kuglmüller bin allweil noch ich!«

»Warum lässt' ihn dann anschaffen?« hielt sie ihm entgegen; es war ihr etwas unüberlegt herausgerutscht.

»Na ja, weil er halt der ältere ist …« kam es verunsichert zurück.

»Nachher paß auf; daß er net noch einmal Bauer wird, bei all seiner Tüchtigkeit, seinem Fleiß, und wo's doch die Bäuerin so gut mit ihm meint.

»So ein Gewäsch, ein saudumn's! Willst mich narrisch machen?« fuhr der Heini unvermittelt zornig auf. »Marsch, verschwind! Schau, daß du zu deiner Arbeit kommst!« Wohl um sich abzukühlen, brauchte er daraufhin noch einen Schluck Schnaps.

Die Kuni, zeit ihres Lebens Dienstbote, war derlei Grobheiten gewohnt. Warum sollte sie es dann dem Heini verübeln? Sie hatte gelernt zu schlucken, sich auf andere Art und Weise schadlos zu halten. Beharrlichkeit war am wichtigsten. Irgendwie kam man immer ans Ziel; und ging's auf dem geraden Weg nicht, dann ging's auf dem krummen!

»Nachher geh ich also jetzt und helf dem Berzl!« Sie blieb an der Tür stehen.

Der Heini antwortete nicht. Da schob sie sich langsam und widerstrebend hinaus, bereit, auf die geringste Andeutung umzukehren.

*

»Herrschaftszeiten, gibt's heut schon wieder Rohrnudeln«, beschwerte sich der Widmooser-Lenzl kaum daß er die Küche betreten hatte. Er starrte wenig angetan auf die Rein mit den knusprig braunen Rohrnudeln, die seine Mutter soeben auf die Anrichte gestellt hatte. »Was gibt's denn dazu?«

»Siehst doch. Einen Zwetschgentauch«, antwortete seine Schwester, die Agnes, und deutete auf eine Schüssel mit besagtem Kompott auf dem Tisch.

Der Lenzl, sommersprossig, mit abstehenden Ohren, aber durchaus gewieft aussehend, murrte: «Auch das noch.«

»Rohrnudeln mit einem Zwetschgentauch ist schon etwas Gut's, und so mancher wär froh, wenn er …« begann die Widmooserin.

»Vor allem unser neuer Herr Förster«, fiel der Lenzl ihr respektlos ins Wort. »Es tat mich arg wundern, wenn er net bald auftauchen tat – so grad richtig zur Essenszeit.«

Derweil Mutter und Schwester über soviel Dreistigkeit tief Luft holten, es ihnen tatsächlich die Sprache verschlug, fügte er hinzu: »Rohrnudeln hätten's net schon wieder sein müssen, auch wenn er sagt, daß er die so gern mag. Ich sag euch, der frißt alles! Wenn's bloß nix kostet! Es ist doch auffallend, daß er ausgerechnet …«

»Also alles, was recht ist«, unterbrach seine Schwester ihn in schrillem Ton. »So was muß man sich doch von so einem Rotzlöffl net gefallen lassen! Was erlaubt der sich denn eigentlich? Was muß der seine vorlaute Gosch'n aufreißen und den Herrn Förster beleidigen?«

»Ist es vielleicht net wahr, daß er frißt wie eine siebenköpfige Raup'n? Für mich ist das ein richtiger Speckjager, und ihr laßt euch von dem bißl Studiertsein gleich das Hirn vernebeln …«

»Lenzl, jetzt langt's!« schnappte die Widmooserin. »Was ist denn schon dabei' wenn man so ein einschichtigs Mannsbild, das fremd ist, niemand kennt und niemand hat, hie und da beim Essen mithalten läßt' wenn es zufällig vorbeikommt?«

»Ts-ts-ts, zufällig«, zischelte der Lenzl spöttisch. »Daß ich net lach! Da kannst ja die ganze Woch' schon die Uhr danach stellen, so pünktlich erscheint er, der Herr Netterer. Wetten, daß er in spätestens einer halben Stund' – wieder rein zufällig versteht sich – aufkreuzt?«

»Gewettet wird bei uns net – und mit dir schon gleich gar net! So, und jetzt schaust, daß du bei der Arbeit noch ein bißl mithilfst, denn für die andern ist auch noch kein Feierabend«, entschied die Widmooserin und beendete den Disput damit fürs erste.

Kaum war ihr Sohn aus der Tür, sagte sie mit einigem Nachdruck: »Aber gspaßig kommt's mir allmählich schon selber vor, daß er gar so oft bei uns auftaucht' unser neuer Herr Förster.«

Eine hektische Röte schoß in Agnes' Wangen, ehe sie geziert entgegnete: »Mei, vielleicht sieht er mich net ungern.«

Allzu überrascht zeigte sich ihre Mutter davon nicht, sonderlich erfreut jedoch auch nicht. Es klang etwas argwöhnisch, als sie rundheraus fragte: »Na, und du? Was ist denn nachher mit dem Heini?«

»Ach, der«, kam es geringschätzig zurück. »Gar so ernst ist das doch eh net ...«

»Da bin ich anderer Meinung!«

»Hat er sich denn bis jetzt groß um mich gekümmert?« fuhr die Agnes auf. »Die paarmal, wo er mich mitgenommen und ausgeführt hat! Der hockt doch lieber bei seine Spezln im Wirtshaus als bei mir.«

»Der Kuglmüllerin – so hat sie's bei mir durchblicken lassen – wär's mehr als recht, wenn bald geheiratet ...«

»Mir pressiert's durchaus net, Mutter.«

»Jessas, Madl, sei doch vernünftig, und denk an das viele Sach, den schönen Hof. Ein schöneres Anwesen findest weit und breit net. Und der Heini ist doch ein strammer, sauberner Bursch ...« dem das Bier lieber ist als ein Madl!«

»Ach was, das ändert sich schon, wenn er erst verheiratet ist. Freilich, Madl, zwingen will man dich zu nix, durchaus net. Aber Vorwurf' möcht' man sich später einmal auch keine machen lassen.«

Mit unverhohlener Überheblichkeit erwiderte die Agnes: »Als höhere Beamtengattin steht man auch net schlecht da. Da ist man wer, hat was vom Leben, muß sich net von der Früh bis in die Nacht eini abschinden, sogar Urlaub kann man machen, verreisen ...« Hier verdrehte sie schwärmerisch die Augen.

»Wenn man es sich leisten kann«, wandte ihre Mutter nüchtern ein.

In diesem Augenblick fuhr draußen der Geländewagen mit blechernem Rumpeln vor. Und schon riß die Agnes die Schürze vom Leib, rannte aus der Tür.

Es dauerte nicht lang, da kam sie ganz aufgeregt zurück und fragte mit bettelnder Stimme: »Ich darf doch jetzt fort, mit dem Herrn Förster mitfahren? Er muß noch auf den Seisenberg, Holz abmessen. Und weil's Wetter so schön ist, hat er gemeint, ob ich mitfahren möcht'. Gell, Mutter, ich darf doch?«

Sie war fünfundzwanzig Jahre alt, hätte sich längst nichts mehr verbieten lassen müssen. Sie würde schon wissen, was sie tat. Und darum sagte die Widmooserin nur: »Zu spät wird's ja wohl net werden!«

»Naa, naa, Mutter! Gewiß net!« Damit surrte die Agnes davon.

Nun ja, vielleicht sollte dies ihr Glück sein! Welche Mutter hätte das nicht gehofft und gewünscht?

Schon kam die Agnes erneut zurück. Diesmal ein wenig verlegen, druckste sie hervor: »Er, der Herr Förster, meint, es wär' schad' um die Rohrnudeln, wo wir's doch schon extra gemacht haben ...« Sie geriet ins Stocken, fühlte sich unbehaglich, als sie fortfuhr: »Drum könnten wir uns – wennst nix dagegen hast – doch ein paar davon für unterwegs mitnehmen.«

»Von mir aus«, murmelte die sichtlich betretene Widmooserin. Es ging alles viel zu schnell; sie wurde gewissermaßen überrumpelt, so daß sie keine Einwände anbringen konnte.

So war's kein Wunder, daß sie ihrem Ehemann nicht großartig zu widersprechen wagte – ansonsten ein völlig unbekannter Zug an ihr –, als er ihr seine Bedenken gestand, die er wegen Agnes' Ausflug hegte.

»Ich kann mir net helfen, Thekla, mir gefallt dieser Mensch einfach net. Der hat mir so was Ausnützerisches ...«

»Ach, geh zu! Das bildest dir bloß ein«, kam es ziemlich schwach von der Bäuerin. Sie dachte an die Rohrnudeln, doch sie hätte sich lieber die Zunge abgebissen, als davon ein Wörtl zu erwähnen. Statt dessen fragte sie: »Wie kommst denn da drauf? Aufs Ausnützerische, mein' ich.«

Der Widmooser-Lorenz, ein aufrechter, grundehrlicher Mensch, der nicht umsonst das Vertrauen seiner Mitbürger besaß, blickte nachdenklich vor sich hin, ehe er antwortete: »Schwer zu sagen. Doch mir wär's lieber, er tät sich ein bißl weniger für die Agnes interessieren.«

»Meinst, er tut's wirklich?« entfuhr es ihr. Es klang fast erleichtert.

Der Widmooser wiegte den Kopf. »Wenn man nur wüßt', ob's die Agnes oder ihre Mitgift ist, die ihn interessiert.«

»Ich bitt' dich, um die Mitgift geht's ihm gewiß net!« Weil sie das gar so weit und entschieden von sich wies, verriet sie damit ihre eigenen Befürchtungen.

Begleitet von einem brunnentiefen Seufzer stieß er resigniert hervor: »Wie auch immer, die Kinder lassen sich ja heutigentags eh nimmer viel dreinreden. Und ich hab' halt die Agnes schon als Kuglmüllerin gesehen! Aber um die Bauernarbeit hat sie sich ja noch nie besonders gerissen.« Letzteres hatte deutlich vorwurfsvoll geklungen.

»Kann ich was dafür, wenn das Madl aus der Art schlägt?«

Diese Frage ließ der Widmooser lieber unbeantwortet. Denn bei seiner Hausfrau und Bäuerin half ihm all seine Beredsamkeit als Bürgermeister und Politiker nichts, da zog er stets den kürzeren.

Gleich darauf sollten jedoch alle beide, sogar die Widmooserin, um eine Antwort verlegen sein.

»Du liebe Zeit! Der Heini!« entfuhr es der Bäuerin, als vor dem Haus draußen das Motorradl zum Stehen kam. »Herrgott, was sagen wir denn dem?«

»Pst! Am besten fürs erste gar nix«, zischelte der Herr Bürgermeister, dieser große, stattliche Mensch, der ansonsten mit gelassenem, selbstsicherem Auftreten bestach. Fast machte er den Eindruck, als hätte er sich am liebsten rasch irgendwohin verdrückt, die Flucht ergriffen.

Er hatte sich gesetzt, trommelte mit den Fingern auf die Tischplatte, derweil die Widmooserin fahrig an den Tellern und den Bestecken rückte – es war ja bald Essenszeit –, als der junge Kuglmüller hereinkam.

»Jessas, der Heini!« rief die Widmooserin scheinbar überrascht und etwas zu überschwenglich. »Gelt wolltest zur Agnes?«

Da man ihn zum Niedersitzen nicht aufforderte, blieb der Heini an der Tür stehen, antwortete ein bißl gehemmt: »Ja, eigentlich schon. Ist sie net daheim?«

»Leider net, Heini«, tat sie bedauernd. »Grad vorhin ist sie fort. Woher hätt' sie denn auch wissen können, daß du …«

»Es ist ja bloß wegen meiner Mutter«, fiel er ihr – wenig schmeichelhaft für ihre Tochter – ins Wort. »Weil sie halt ins Krankenhaus muß.«

»Jess', Mar' und Josef!« schrie die Bäuerin auf. »Ins Krankenhaus! Hast das gehört, Lorenz?«

Wie sollte er nicht? Da er noch immer mit seinem Zorn auf seine Tochter kämpfte, brachte er jedoch nur ein Nicken zustande.

»Ist ihr was passiert? Ein Unfall?« fragte die Widmooserin.

»Nein, kein Unfall. Sie muß zur Beobachtung für etliche Tag eini.«

»Was denn beobachten?« wollte sie wissen. »Da muß gewiß mehr dahinterstecken«, fügte sie nicht sehr rücksichtsvoll hinzu. »Was fehlt ihr denn, der Mutter?«

»Es ist ihr lang schon nimmer recht gut gewesen, inwendig hat s' allweil was gespürt, und drum ist sie zum Doktor gegangen. Der hat sie untersucht, Blut abgenommen und was man halt so alles macht.

Na ja, jedenfalls meint er, es wär' angebracht, wenn sie sich im Krankenhaus' wo sie besser eingerichtet sind, gründlich untersuchen läßt.«

»Herr, du meine Gütel« stieß die Widmooserin plötzlich in einem so jammervollen Ton hervor, als habe sie soeben das Todesurteil der Kuglmüllerin erfahren.

Das veranlaßte ihren Mann zu einem begütigenden: »Na, na, na, deswegen brauchst dich net so aufzuregen! Gescheiter, sie wird gleich richtig kuriert, als wenn man nix Gewisses weiß.«

»Ja, haargenau das haben wir ihr auch gesagt«, pflichtete der Heini ihm bei. »Es muß ja durchaus nix Schlimmes oder Bösartigs sein.«

»Wann muß sie denn eini?« erkundigte sich die Widmooserin nun sachlich.

»Na ja, am besten halt so schnell wie möglich. Aber du kennst sie ja auch, Widmooserin, weißt, wie sie ist, die Mutter. Sie meint, ohne sie geht's net, sträubt sich mit Händ' und Füß' dagegen. Ausgerechnet jetzt, mit der Feldarbeit ...« Der Heini zuckte unsicher mit den breiten Schultern. »Unsere Kuni kannst im Haus und in der Kuchl gar net brauchen ... So fleißig und anstellig sie sonst auch bei der groben Arbeit ist!« glaubte er sie ins rechte Licht setzen zu müssen. »Und jetzt fürchtet die Mutter halt, daß alles drunter und drüber geht, wenn sie etliche Zeit – es sind ja bloß ein paar Tag' – net daheim ist. Drum läßt sie fragen, ob net die Agnes tagsüber bei uns aushelfen und nach dem Rechten schaun könnt.«

Die Widmooserischen wechselten einen kurzen Blick, der jedoch einiges beinhaltete. Geradezu erleichtert erklärte der Bauer daraufhin: »Das ist doch selbstverständlich, Heini! Gar keine Frag' dass euch die Agnes aushilft. Da kann deine Mutter ganz unbesorgt sein.«

»Ist gar net der Red' wert«, mischte sich seine Frau eifrig ein. »Sagst der Mutter, ich schick die Agnes auffi, und richt ihr aus, ich wünsch' ihr recht gute Besserung. Gib uns Bescheid, wann die Agnes kommen soll!«

»Ja, Widmooserin. Vergelt's Gott, jetzt bin ich aber froh«, kam es spürbar befreit vom Heini. Ohne sich noch länger aufzuhalten oder gar nach

Agnes' Verbleib zu fragen, verabschiedete er sich, verließ den Hof fast ein wenig überstürzt, so als wäre er froh, diese Mission hinter sich zu haben.

Irgendwie betroffen schauten sich die Widmooserischen an, bis der Bauer mit überraschender Heftigkeit hervorstieß: »Höchste Zeit, daß sie zur Vernunft kommt! Mei, das hätt, fei ganz schön danebengehn können!«

»Ich mein', es war wie ein Wink vom Schicksal! Drum also hat's der Burgi länger schon mit dem Heiraten pressiert! Du, Lorenz, ich fürcht', gar so ohne und harmlos ist das net mit ihrer Krankheit.«

»Geh zu, Schmarrn! Man darf net allweil gleich das Schlimmste denken! Jedenfalls schickst du die Agnes zum Aushelfen in den Kuglmüllerhof auffi! Nachher werden ihr die Flausen schon vergehn. Herrgottsakra« – der Widmooser schlug plötzlich mit der Faust auf den Tisch, daß Teller und Besteck leise klirrten – »fliegt sie wer weiß wo umeinander, und derweil ...«

»Woher hätt' man auch wissen können ...«

»Woher? Woher?« Ihm riß endgültig der Geduldsfaden. »Du als ihre Mutter hattest so was überhaupt net gutheißen dürfen! Rennt sie mit so einem ausnützerischen Beamtenfrack umeinander, derweil sie sich woanders ins schönste gemachte Nest einihocken könnt', dieses dumme Gansl!«

Allmählich wurde der Widmooserin angst und bange, zumal sie die Befürchtung, der neue Herr Förster habe es nur auf seinen persönlichen Vorteil abgesehen, bereits zum zweitenmal hörte. Ihr fiel nichts anderes ein, als sich mit einem schwachen: »Aber der Heini hat sich keinen Haxn ausgrissen!« zu verteidigen.

»Das braucht er auch net! Ausgemacht ist ausgemacht!« knurrte der Widmooser.

»Typisch Mannsbild! – Ein solcher Handel gilt in der heutigen Zeit schon lang nimmer! Fast möcht' man sagen: Gott sei Dank!« giftete sie nun.

Sie wären gewiß noch ernsthaft ins Streiten geraten, hätte es jetzt nicht pressiert; die Dienstboten kamen zum Nachtessen. Aber beide hatten die Hoffnung, daß alles wieder ins Lot und die Agnes zu Verstand kommen würde.

*

Der Kuglmüller-Heini glaubte einigen Grund zu haben für einen ausgiebigen Wirtshausbesuch. Es gab etliches, was ihm auf dem Herzen lastete, was er hinunterspülen, vergessen wollte; nicht zuletzt seine eigenen Schwächen und Unzulänglichkeiten.

Und so saß er dann beim Postwirt ganz allein am Stammtisch, wartete, daß sich unterhaltsame Gesellschaft einfinden würde.

»Ist noch net viel los um diese Zeit, ist ja noch hellichter Werktag«, meinte die Bedienerin, die Fanny. »Noch dazu mitten unter der Ernt!«

Da der Heini einen leisen Vorwurf herauszuhören glaubte, konterte er mit einem anzüglichen: »Hab' mir's eh schon denkt' weil die Traudl net da ist. Mit dem bißl Geschäftsgang wirst auch du noch fertig.«

Die Fanny, ein in Ehren ergrautes Kellnerinnen-Schlachtroß, überhörte diese dumm-freche Bemerkung dachte sich nur ihr Teil. Man legte sich mit dem angehenden Kuglmüllerbauern nicht an! Obwohl man von und über ihn noch nie viel Gescheites gehört hatte.

Der Heini nahm einen langen Schluck aus dem Maßkrug, starrte auf die blankgescheuerte Tischplatte, den Stoß Bierfilze, das Salz- und Pfefferfaßl und den grüngläsernen Aschbecher. Wirklich wahr nahm er nichts. Gesellschaft hätte er gebraucht, eine lustige, die ihn ablenkte.

Die Angst und die Sorge um seine Mutter hatten sich ihm schwer aufs Gemüt gelegt. Sie war der einzige Mensch, der ihm wirklich etwas bedeutete. Leider konnte er nicht so sein, wie sie ihn gern gesehen und gehabt hätte. Er war nun einmal kein so rechtschaffenes Mannsbild wie der Leonhard, den er insgeheim um seine vielen Fähigkeiten und Vorzüge bewunderte, sogar beneidete. Ich bin halt aus einem weicheren Holz geschnitzt, entschuldigte er sich vor sich selbst, gestand sich dann jedoch ehrlich ein, daß er nicht soviel Rückgrat hatte.

»Fanny, noch eine Maß!« rief er, ohne in die Richtung der Kellnerin zu blicken.

Himmelherrgottsakra, warum mußte ihm auch noch die Sache mit der Kuni passieren! Ein Fehltritt, der beim Leonhard ganz ausgeschlossen gewesen wäre. Der wußte, daß man sich mit Dienstboten, schon gar mit den eigenen, nicht einläßt. Freilich, gewußt hatte er, Heini, es selbstredend auch. Aber der Geist war halt willig und das Fleisch schwach, zumindest bei ihm.

Die Kellnerin stellte ihm eine frische Maß hin. Ihr: »Wohl sein!« klang nicht besonders aufrichtig. Heini wischte den Schaum fort und trank wie ein Verdurstender.

Seine Gedanken kreisten weiterhin um die dumme Geschichte mit der Kuni. Wenn die Mutter davon etwas erfahren würde, wäre das – gerade in ihrem jetzigen Zustand – ein furchtbarer Schlag für sie. Außerdem wußte man nicht, wie sich die Kuni der Agnes gegenüber verhalten würde. Kunis vorlautem Mundwerk war nicht zu trauen. Bei dieser Überlegung ging es dem Heini wiederum vor allem um seine Mutter, weniger um die Agnes.

Das mit der Widmooser-Agnes war überhaupt so eine Sache! Im Grunde hatten ihn nur ihr Name und ihr Herkommen angezogen. Seine Mutter schien stolz auf eine so noble Schwiegertochter. Es war halt ein Zusammenstand, der sich sehen lassen konnte; alte Bauerngeschlechter blieben unter sich. Auf Gefühle wurde kaum Wert gelegt.

Er gehörte ohnehin zu denjenigen, die diesen Gefühlen mißtrauten. Zumindest war sie ihm noch nie begegnet, die vielgerühmte große Liebe. Ihm waren eine handfeste Gaudi und ein zünftiger Rausch allemal noch lieber als dieses lächerliche Herumbalzen um die Madln. Hin und wieder, das gab er ja gern zu, brauchte man sie schon. Aber allzuviel machte er sich, Gott sei Dank, nicht daraus!

Nun kam der Wirt in die Gaststube. Er hatte gerade zu Abend gegessen, wie man an seinen fettglänzenden Lippen und dem Kinn unschwer erkennen konnte.

Jakob Kratzer schob seinen gewölbten Kugelbauch in Richtung Heini, wobei sein feistes Gesicht vor geschäftsmäßiger Herzlichkeit schier zerfloß.

»Na, endlich!« murrte der Heini, der wußte, was er als Gast wert war. »Allein ist's im Himmi net schön! Was ist denn los heut' bei euch? Es tut sich ja gar nix.«

»Wird schon! Wird schon, Heini! Ein schneidiger Schafskopf geht allweil noch z'samm. Derweil trinkst mit mir einen Schnaps! Was magst denn für einen?«

Daraufhin antwortete der Heini mit einem verschmitzten Augenzwinkern: »Den gleichen wie du halt, Jakl. Du als Wirt wirst wohl wissen' welcher am besten ist.«

»Fanny, zwei Kirschgeist!« Jakob Kratzer wusste, was er einem Gast wie dem jungen Kuglmüller schuldig war.

Die beiden kippten den edlen Brand in einem einzigen Zug hinunter, worauf sich der Postwirt die Lippen und das schmalzige Kinn mit dem wohlgepolsterten, schwammigen Handrücken abwischte und meinte: »Auf einem Fuß kann man net stehn. Fanny, noch zwei! Schenkst aber ein bisserl besser ein! Für mich reut mich nix.«

»Recht hast, Jakl«, stimmte ihm der Heini mit einem breiten, verständnisinnigen Grienen zu. Leute wie der Postwirt, die ihr Leben zu genießen wussten, die mochte er, mit denen verstand er sich.

Allmählich erschien der eine und andere Gast, dieser und jener Hofsohn oder Bauer. Und bald hatte der Postwirt – dies lag schließlich in seinem geschäftlichen Interesse – eine Schafskopfrunde an einem Tisch beinander; alles Spieler, die einem scharfen Spiel nicht abgeneigt waren.

Mit von dieser Partie war der Lederer-Anderl, ein recht großsprecherischer nicht sehr beliebter,

Bursch, der sein Erbe, ein mageres, von seinen Eltern mühsam zusammengehaltenes Sachl, fast schon durchgebracht hatte. Er gehörte zu jener Sorte Menschen, die sich stets auf Kosten anderer lustig machen, gern sticheln und anzetteln.

Die meisten am Stammtisch mochten den Anderl nicht, der Heini bildete da keine Ausnahme. Doch keiner zeigte seine Abneigung, der Anderl gehörte halt auch dazu.

Man war hitzig beim Spiel; der junge Kuglmüller hatte schon etwas zu schwer geladen und noch kaum einen Stich gemacht, als der Widmooser-Lenzl die Gaststube betrat.

»Servus, Lenzl, komm nur gleich, und hock dich her da zu mir!« rief der Heini dem Eintretenden entgegen.

Der Lenzl grüßte fröhlich nach allen Seiten. Es gab wohl kaum einen, der diesen aufgeweckten, netten Burschen, der ganz seinem Vater nachschlug, nicht mochte. An den Stammtisch tretend, fragte er arglos: »Na, wie schaut's aus? Wer wird denn gerupft?«

»So wie's ausschaut, dein Schwager in spe«, antwortete der Hierankl-Steffl, der am Gewinnen war, mit einem stolzen Augenzwinkern.

Der Lederer-Anderl stieß ein meckerndes Lachen aus, ehe er spöttisch bemerkte: »Schwager in spe ist gut! Der Grünrock, der neue, der …« Er erhielt einen Rempler, einen Tritt unterm Tisch, so daß er den Rest des Satzes verschluckte. Als er überrascht aufsah, blickte er geradewegs in das wütende Gesicht des Postwirts, der keine Stänkereien dulden wollte.

Der Heini war schon viel zu angesäuselt, als daß er irgendwelchen Argwohn geschöpft hätte. Bereitwillig beiseite rückend, forderte er den jungen Widmooser-Sohn auf: »Da hock dich her, Lenzl! Fanny, eine Maß für den Lenzl! Aber ein bisserl dalli!«,

»Na, na, na, du wirst es erwarten können, Rüpel, g'scherterl« murrte die Kellnerin, die bereits hinterm Bierhahn stand.

Es war ansonsten nicht viel los in der Gaststube. Die ersten zahlten schon wieder, nachdem sie ihre Halbe oder Maß zum Feierabend getrunken hatten, und gingen. Nur am Stammtisch, bei den Kartenspielern und den Zuschauern, da ging's hoch her.

»Bluatssakrament!« schnaubte der Heini ungläubig, als er ein sicheres Blatt verloren hatte. »Mir scheint, heut' muß ich ein großes Glück in der Liebe haben.« ... Er brach ab, schaute den Lederer-Anderl überrascht an, der erneut ein dünnes, meckerndes Lachen ausstieß.

»Willst was, du? Ist dir vielleicht net ganz gut?« entfuhr es ihm gereizt. Er verstand keinen Spaß, im angetrunkenen Zustand schon gar nicht. »Brauchst es bloß sagen, wenn dir was net paßt!«

Damit wollte er den Anderl am Kragen fassen.

»Ich bitt' dich, Heini, sei gescheit und gib Ruh! mischte sich der Wirt vermittelnd ein.

»Was muß er mich denn auslachen, der Fretter, der windige? Der hat's …«

»Was bin ich?« fuhr nun auch der Lederer-Anderl, an seiner wundesten Stelle getroffen, auf. »Muß ich mir das gefallen lassen von so einem großkopfeten …«

»'s Maul hältst' Anderl! Und zwar auf der Stell!« donnerte der Wirt. »Fanny, der Lederer möcht' zahlen!«

Der Anderl wurde kalkweiß vor Wut. Dies war ein Hinausschmiß. Er begriff jedoch sehr schnell, daß es besser war, nicht aufzumucken. Einen Fluch ausstoßend verließ er den Stammtisch.

Die Fanny raunte ihm beim Zahlen zu: »Hättest ihm halt eine auffihaut, diesem Bauernbüffl, diesem überspannten!«

Das half dem Anderl über seine ohnmächtige Wut auch nicht hinweg. Mit einem gehässigen: »Alle können s' mich …« stapfte er aus der Gaststube. Der Vorfall bestärkte ihn wieder in dem, was er eh schon wußte: ›Geld regiert die Welt! Hast du was, dann bist du was!‹

Es hätte dem angeschlagenen Selbstbewußtsein des Lederer-Anderl gewiß mehr als gut getan, hätte er noch erleben dürfen, was sich kaum eine Stunde später tat …

Die Schafskopfrunde wurde wieder komplett, nachdem der Widmooser-Lenzl den Platz des Anderl eingenommen hatte. Man drosch die Karten wieder auf den Tisch, daß es nur so krachte, klopfte dabei die seit Generationen bekannten Sprüche.

Es ging auf zehn Uhr zu, nur der Stammtisch war noch besetzt, als die Tür aufflog und kein anderer als der Bürgermeister höchstpersönlich hereinkam oder besser, wie ein Betrunkener hereingetorkelt kam.

Kaum erblickte er seinen Sohn, stieß er, abrupt stehen bleibend, hervor: »Lenzl schnell! Du mußt mich … wir müssen in die Stadt fahren … ins Krankenhaus. Die Agnes, sie ist verunglückt … mit ihm, dem …« Jetzt erst hatte er den Heini gesehen. Er verstummte und wandte hastig den Blick ab.

Der Lenzl hatte sofort, gewiß als erster von allen, begriffen, warf seine Karten auf den Tisch, stieß den Stuhl zurück und sprang auf.

Allmählich drang die Nachricht auch in Heinis bierumnebeltes Gehirn. Ebenfalls auffahrend, stieß er hervor: »Die Agnes? Verunglückt? Wie und wo? Bürgermeister, so red doch schon!« Er wollte sich um den Tisch schieben. »Da muß ich doch …«

»Nein, Heini, bleib da!« rief der Lenzl beschwörend. Das Gesicht des jungen Burschen war von fahler Blässe überzogen. Mit betonter Heftigkeit fügte er hinzu: »Das geht dich nix an, Heini!«

Da kam es rauh, mit brüchiger Stimme vom Widmooser-Lorenz: »Die Agnes war mit dem Förster unterwegs, am Seisenberg. Heini, du ... es ist mir so arg zuwider ... Ich bitt, dich, bleib doch da!«

Alle, der Heini vielleicht ausgenommen, wußten, wie schwer dem Widmooser–Lorenz dies Geständnis gefallen war.

Als der Lenzl seinen Vater unterfaßte und ihn aus der Gaststube führte, herrschte betretenes Schweigen.

Nun erst ließ sich der Heini wieder auf seinen Stuhl zurückfallen. Man konnte es ihm deutlich ansehen, wie es hinter seiner Stirn arbeitete.

Er war nicht nüchtern, durchaus nicht. Aber er bekam nach und nach alles in die Reihe, begriff die Zusammenhänge. Wie hart oder ob es ihn überhaupt traf, hätte keiner zu sagen gewußt.

Plötzlich straffte sich die gedrungene, untersetzte Gestalt des jungen Kuglmüllers, sagte er klar und deutlich: »Fanny, eine Runde! Die können wir jetzt alle vertragen. Hoffen wir halt, daß es sie net allzu bös erwischt hat, die Agnes!«

Keinem, auch nicht dem Postwirt, fiel dazu etwas ein. Es gab dazu nichts zu sagen. Man war erleichtert, daß es der Heini mit soviel Fassung hinnahm und keine Stellungnahme erwartete.

Keiner der noch anwesenden Männer billigte Agnes' Verhalten, alle Sympathien waren auf Heinis Seite. Und jeder bewunderte seine Haltung.

Es hielt ihn jedoch keiner zurück, als er, nachdem man betreten schweigend die Gläser geleert hatte, zahlte und die Wirtschaft verließ.

Als der Kuglmüller-Heini in die Nacht hinaustrat, dröhnte es in seinen Ohren, in seinem Kopf. Es war der Alkohol, der schwer durch seine Adern rollte. Trotzdem brauchte er jetzt noch einen Schluck, hatte ihn nie nötiger gehabt!

Doch diese jämmerlichen Gesichter dort drinnen, die hatte er nicht länger ertragen können. Er mußte allein sein. Dieses merkwürdig zwiespältige Gefühl aus verletztem Stolz und Erleichterung – jawohl Erleichterung! – erst einmal richtig begreifen.

Ihm war – so unglaublich ihm dies selber erschien – nach Lachen und Weinen gleichzeitig zumute. Aber am meisten war ihm nach etwas zu trinken! Gewiß würde er nachher – mit dem nötigen Quantum Alkohol – klarer sehen.

Der Mensch ist wohl unfähig Empfindungen zu spüren, weiterzugeben, die er selbst nie erfahren hat.

Die Kuni empfand jedenfalls kein Mitleid mit der kranken Kuglmüllerin. Wer hatte denn schon jemals mit ihr – Kuni – Mitleid gehabt? Statt dessen beobachtete sie das Leiden der Bäuerin mit kühl berechnendem Blick, sah bereits einen handfesten Vorteil daraus hervorgehen.

Es war die Bäuerin, die sie sehr viel mehr scheute bei ihren ehrgeizigen Plänen als die Widmooser-Agnes. Dieses saft- und kraftlose Weiberleut hatte beim Heini kaum etwas zu melden, bedeutete ihm entschieden weniger als seine Mutter. Nur die zählte für ihn wirklich. Und war sie einmal nicht mehr da, rückte ihr – Kunis – Ziel in greifbare Nähe. Den Heini brachte sie schon dahin, wo sie ihn gern haben wollte!

So gesehen, kam ihr diese Krankheit der Bäuerin recht. Wer weiß, wie lange die Kuglmüllerin noch zu leben hatte?

Diese Frage beschäftigte auch die Kuglmüllerin. Nicht, daß sie Angst vor dem Tod gehabt hätte. Vielleicht vorm Sterben, ja, wenn es qualvoll und langwierig wurde. Aber auch da hoffte und vertraute sie auf den Herrgott. Er würde es schon richten.

Für einen Bauernmenschen, dessen Sein und Trachten völlig in den ewigen Kreislauf der Natur eingebunden ist, für den Leben auch Vergehen bedeutet, hat der Tod nichts Schreckliches, ist Teil des Menschen von Anfang an. Und man stellt sich dieser Frage mit Anstand und Würde, schiebt sie nicht von sich. Es gehört zu den unabdingbaren Pflichten, sein Haus zu bestellen, damit für ein gutes Angedenken zu sorgen, den Fortbestand des

Geschlechts zu sichern. Man war nur ein Glied einer langen Kette, die nicht abreißen durfte.

Ihre Enkelkinder, die hätte die Kuglmüllerin freilich noch gern gesehen. Vielleicht erfüllte der Herrgott ihr diesen Wunsch. Was hätte sie vom Leben sonst noch erwarten, sich wünschen dürfen?

Nein, es ging ihr nicht sonderlich gut. Sie fühlte sich, von diesen ständig wühlenden Schmerzen in ihrem Innern abgesehen, kraftlos und erschöpft, zu nichts mehr imstande. Und darum mußte sie zu einer genaueren Untersuchung ins Krankenhaus!

Möglicherweise war es gar nicht so schlimm, und man konnte helfen, wenn man erst die Ursache erkannt hatte. Aber vorsorgen, auf alles gefaßt sein, mußte man trotzdem.

Deswegen wollte sie für die Zeit ihrer Abwesenheit die Agnes auf dem Hof haben. Dann – so erhoffte sie sich insgeheim – wäre eine baldige Heirat gewiß möglich. Und es wäre ihr noch vergönnt, mitzuerleben, wie alles seinen Fortgang nahm, daß – und dies war ihr Hauptanliegen – ihr Heini gut versorgt sein würde.

Noch während sie an all das dachte, sich trotz ihrer Schmerzen in eine glückhafte Zeit hineinträumte, betrat der Leonhard die Stube. Er hatte einen letzten Rundgang durch den Hof, die Ställe gemacht, wie es sich gehörte.

Die Uhr schlug soeben die zehnte Stunde, als er in das blecherne Hämmern hinein etwas vorwurfsvoll bemerkte: »Herje, Mahm, du bist ja noch allweil net im Bettl – Wie ist dir denn?« Letzteres hatte besorgt geklungen.

»Na ja, geht schon, Bub! Ist auch net so wichtig. Viel wichtiger wär' mir, ob uns die Agnes zugesagt hat, daß sie ...«

»Aber Mahm«' entfuhr es dem Leonhard, »du wirst doch um Gott's willen net so lang aufbleiben wollen, bis der Heini heimkommt?«

»Ach Bub' schlafen kann ich ja eh net. Komm' setz dich noch ein bißl her zu mir!«

Es wäre ihm gar nicht in den Sinn gekommen, ihr diese Bitte abzuschlagen.

Die Kuglmüllerin wartete, bis er sich ihr gegenüber an den Tisch gesetzt hatte, ehe sie mit einem tiefen Aufseufzen sagte: »Weißt, Leonhard, ist mir ganz recht, daß man noch so etliches miteinander bereden kann ...«

»Geh zu, Mahm, dazu ist doch noch oft Gelegenheit«, fiel er ihr mit etwas belegter Stimme ins Wort.

»Kann schon sein. Aber man soll's hinter sich bringen, wenn etwas gesagt werden muß.«

»Bist nimmer zufrieden mit mir?« fragte er mit einem gezwungenen Schmunzeln und versuchte, einen heiteren Ton anzuschlagen, der ihm allerdings mißlang.

»Nein, nein, ganz im Gegenteil, Leonhard! Wenn ich dich net gehabt hätt, ... ja, ja, Bub, gewiß wahr, du hast mir mehr geholfen, als ich dir je vergelten kann. Und drum mußt wissen, daß für dich schon gesorgt ist.«

»Muß das ausgerechnet jetzt ...?«

Ohne sich beirren zu lassen, fuhr die Kuglmüllerin fort: »Daß du und der Heini – wenn er erst einmal Bauer ist – mitnander net weiterwerken wollt, ist verständlich. Aber Bauernknecht brauchst nirgends zu machen. Es ist dir soviel geschrieben, daß du nach was Eigenem schauen oder was pachten kannst. – Nein, nein, wehr net ab, Leonhard, das hast dir längst verdient! Das steht dir einfach zu. Und der Heini ist der letzte, der dir das net auch zubilligt.«

Es berührte ihn unangenehm, von Geld zu reden, auch wenn er ihr für ihre wahrhaft großmütige und großzügige Fürsorge dankbar war. Es war ihm peinlich, machte ihn verlegen, so daß er, nur um etwas zu sagen, unsicher hervorbrachte: »Aber, Mahm, wirst mich ja jetzt bald wirklich nimmer brauchen. Denn wenn der Heini verheiratet ist, wird er den Hof übernehmen und selber anschaffen ...« Er brach ab. So hatte er das nicht ausdrücken wollen.

Aber sie stimmte ihm verständnisvoll zu: »Das hoff' ich inständig. Und ich glaub'« – hier kräuselte tatsächlich der Anflug eines Schmunzelns ihre Lippen –, »daß die Agnes schon dafür sorgen wird, daß er richtig anpackt! Sie ist ja eine resolute Person, die weiß, was sie will. Drum ist sie schon richtig für den Heini. Auch wenn es sonst so einiges geben mag, das – bloß zu dir gesagt, Bub – na ja, das einem vielleicht net so ganz paßt oder gefallt.« Hastig setzte sie hinzu: »Sie wird ihn gewiß schnell in den Griff kriegen.« Das hatte sehr zuversichtlich geklungen.

»Ganz bestimmt, Mahm. Die Agnes ist eine Energische. Da brauchst dir um rein gar nix Sorgen zu machen.«

Wohl um von diesem Thema wegzukommen, das auch ihr irgendwie peinlich war, fragte sie ihn rundheraus: »Solltest du net auch allmählich ans Heiraten denken?«

Ein gezwungenes Lachen ausstoßend, entgegnete der Leonhard: »Ich fürcht', Mahm' mich mag keine mehr.«

Daraufhin meinte die Kuglmüllerin zweifelnd: »Geh zu, da wird's doch gewiß irgendwo eine geben, die ...«

»Net' daß ich wüßt', Mahm! Nein, ehrlich und gewiß wahr! Ich hatt' ja auch gar keine Zeit' und hübsche Dirndln warten halt net gern umsonst.«

Sie drohte mit dem erhobenen Zeigefinger. »Mußt mich net für dumm verkaufen! Wenn ich mich recht erinnere, nachher ist da – ein gutes Jahr mag's her sein – schon einmal was Ernsteres gewesen. Warum ist denn nix draus geworden?«

Der Leonhard sah an ihr vorbei, zuckte mit den Schultern und entgegnete ausweichend: »O mei, es hat halt net sollen sein.« Er verschwieg dabei die Tatsache, daß der Lehneis-Hanni die Warterei zu lange gedauert und sie kein Verständnis dafür gehabt hatte, daß er es damals nicht über sich brachte, ihr zuliebe dem Kuglmüllerhof einfach den Rücken zu kehren. Eine schöne Einheirat hatte sie ihm geboten, und sie selber war auch nicht uneben, sogar recht appetitlich. Jetzt, im nachhinein gesehen – die Hanni war inzwischen mit einem anderen verheiratet –, verspürte der Leonhard ein leises Bedauern. Doch er hatte es ja immer gewußt, daß er in diesem Hof nicht für ewig bleiben konnte. Wäre sie seine große Liebe gewesen, die Hanni, säße er trotz all seiner Zuneigung zu seiner Mahm wohl heute nicht hier.

Die Kuglmüllerin drang nicht weiter in ihn, ließ es dabei bewenden. Statt dessen meinte sie: »Weißt, Leonhard, eine andere Mutter hat auch ein schönes Kind! Ein bißl mußt aber schon selber tun. Du bist bald dreißig, und da wird's Zeit, daß man an eine Familie denkt.«

»Jessas, Mahm! Was hast denn heut' nur? Keine Sorg' ich bleib' schon net übrig. – Was meinst' gehst jetzt net lieber doch ins Bett? Der Heini wird gewiß noch eine Zeitlang ausbleiben.«

Nach kurzem Zögern nickte die Kuglmüllerin. »Leg' ich mich halt nieder.«

»Hast arge Schmerzen, Mahm?« fragte der Leonhard, als er sah, wie sie beim Aufstehen die Hand gegen den Leib preßte.

»Schon auszuhalten«, murmelte sie. »Im Krankenhaus werden s' bestimmt herausfinden, was mir fehlt. Der Doktor hat schon recht, daß man's nimmer länger aufschieben soll.« Tapfer fügte sie hinzu: »Es wird schon net so schlimm sein.«

»Gewiß net, Mahm, gewiß net! Und jetzt gut' Nacht!«

Es wachten so ziemlich alle im Kuglmüllerhof auf, als der Heini – es war schon gegen Morgen heimkam. Er musste, wie man dem Poltern und Rumpeln entnehmen konnte, sternhagelvoll sein, und es brauchte seine Zeit, bis endlich wieder Ruhe herrschte, er in seiner Kammer angekommen war.

Auch wenn es dem Leonhard nicht ganz paßte, bestand die Bäuerin in der Frühe darauf, daß der Heini nicht geweckt wurde. »So laß ihn halt ausschlafen! Es pressiert doch eh nix.«

Allzu lange hielt's der Heini im Bett jedoch gar nicht aus. Sein schmerzender, brummender Schädel, ein brennender Durst, der ihm fast die Kehle ausdörrte, trieben ihn heraus.

»Um Gottes willen, Bub, was ist dir denn? Wie schaust denn aus?« entfuhr es der Kuglmüllerin, als ihr Sohn mit verkatertem, verquollen aussehendem Gesicht und blutunterlaufenen Augen in die Küche kam.

Nachdem der Heini den übriggebliebenen schwarzen Kaffee in sich hineingeschüttet hatte, stieß er mürrisch hervor: »Wir werden uns um eine andere Aushilf umschaun müssen.« Dabei mied er den Blick seiner Mutter.

»Andere Aushilf? Warum denn? Kommt die Agnes net?«

Sich mit den gespreizten Fingern durchs struppige, ungekämmte Haar fahrend, antwortete er mit überraschend ausdrucksloser Miene: »Sie liegt im Krankenhaus, hat gestern einen Autounfall gehabt mit unserm neuen Förster. Auf der Fahrt vom Seisenberg, um neun auf d' Nacht, im Finstern ...«

»Das gibt's doch net!« entfuhr es der kranken Kuglmüllerin tonlos, und sie mußte sich schwer auf dem Tisch aufstützen, ehe sie sich wie erschöpft auf einem Stuhl niederließ. Ihr war schwindlig geworden. »Bub, was hat denn das zu bedeuten?«

»Das bedeutet, daß wir eine andere Aushilf' brauchen«, kam es trocken zurück.

»Jessas, Heini, aber sie und du, ihr wart ... Wieso ist sie denn mit dem neuen Förster unterwegs gewesen? Auf dem Seisenberg ... um so eine Zeit?«

»Ich bitt' dich, Mutter, das sieht doch ein Blinder, warum!« stieß er hart hervor. »Soll sie halt Frau Försterin werden, die damische Henn'!«

»Heini!« ächzte die Kuglmüllerin leise. Dann fragte sie zaghaft: »Weiß man schon, was ihr fehlt?«

Geradezu bestürzend sachlich und kühl antwortete er: »Ich bin zum Krankenhaus gefahren, hab' den Lenzl getroffen und erfahren, daß die Agnes eine Gehirnerschütterung hat und daß der rechte Arm mehrfach gebrochen ist.« Ebenso gelassen fügte er hinzu: »Und er, der Herr Förster, soll mit Prellungen davongekommen sein.« Damit schien für ihn der Fall erledigt. Er trat ans Fenster, schaute hinaus, hatte beide Fäuste tief in den Hosentaschen vergraben.

Die Kuglmüllerin starrte ein Weilchen ins Leere, nickte etliche Male vor sich hin, erhob sich dann und schlurfte mit müden, schwerfälligen Schritten zu ihrem Sohn.

Kaum spürte der Heini ihre Hand auf seiner Schulter, fuhr er herum und erklärte entschieden: »Mutter, du kannst dir dein Mitleid sparen! Ich brauch's net!«

»Bub ... um alles in der Welt ...«, stotterte sie, wobei sie erschreckt zurückzuckte.

»Herrgott, merkst denn noch allweil net, daß es mir gar net soviel ausmacht, wie es das eigentlich tun sollt'? Ehrlich, Mutter, ich bin sogar irgendwie erleichtert, auch wenn's mich natürlich wurmt, auf was für eine Art und Weis' ... Aber von mir aus! Soll er sie doch haben!« Das letzte klang geringschätzig. Er sah das alles so nüchtern und sachlich, daß Mitleid wirklich völlig unangebracht war.

»Na ja, wenn's so ist ... Warum hast denn dann überhaupt mit ihr ...?«

Der Heini zuckte die Schultern. »Ich weiß es selber net recht. Ich hab' mir halt denkt ... vielleicht wollt' ich auch dir einen Gefallen tun ...«

Unvermittelt stieß das magere Weiblein einen dünnen Schrei aus, griff sich, nach vorn zusammenknickend, mit beiden Händen an den Leib.

Einen Augenblick lang war der Heini wie gelähmt, ehe er zufasste, die Mutter kurzerhand auf die Arme nahm und in die Stube trug. Dabei brüllte er wie ein Stier: »Kuni! Kuni!«

Als er die Kuglmüllerin – sie schien kaum noch bei Bewußtsein – behutsam aufs Kanapee bettete, kam die Kuni zur Tür hereingeschossen.

»Schnell, den Doktor!« stieß er heiser hervor; mehr brachte er nicht mehr heraus.

*

Es ist schon etwas Merkwürdiges um das Verhalten der Mitmenschen, immer wieder verwunderlich, wie rasch Sympathien, Stimmungen umschlagen, sprunghaft wechseln.

Obgleich doch die Widmooser-Agnes recht bös verletzt im Krankenhaus lag, war es der Kuglmüller-Heini, der bedauert wurde. Ja, auf einmal hatte man mit ihm, der doch wenig beliebt gewesen war, Mitleid, wozu allerdings die schwere Krankheit seiner Mutter noch einiges beitrug. Es gab nicht wenige, die der Agnes sogar daran etliche Schuld zuschrieben. Warum denn sonst hätte die Kuglmüllerin so Hals über Kopf ins Krankenhaus müssen?

Auch die Amrainerin, ansonsten eine durchaus nüchterne, patente Person, stellte selbstgerecht fest: »Sag ich's net allweil? Hochmut kommt vor dem Fall! Jetzt hockt sie sauber drin in der Tintn, die Bürgermeister-Agnes!«

Die Leni, ihre Älteste, wandte zweifelnd ein: »Am End' ist ihr der Förster halt lieber als der Heini.«

»Blödsinn! Eine solchene Partie! So ein Hof!« schnaubte die Amrainerin verächtlich, da es so etwas in ihrer Vorstellungswelt einfach nicht gab.

Die Sanni saß stumm dabei, hörte nur aufmerksam zu. Es geschah nicht oft, daß über derlei Pikantes in diesem Haus geredet wurde. Hier herrschten noch, was Moral und Anstand betrafen oder was man dafür hielt, recht altmodische Ansichten; moderne Sitten ließ die Amrainerin erst gar nicht einreißen. Schon gleich gar nicht bei ihren beiden Töchtern.

»Ich wollt' den Heini mitsamt seinem großmächtigen Kuglmüllerhof auch net«, erklärte die Leni. »Er hockt mir ein bißl zu oft im Wirtshaus.«

»Junge Burschen müssen sich die Hörner abstoßen!« kam es von der Amrainerin zurück. »Ein richtiges Madl treibt ihm das schon aus.«

Etwas an dem selbstgerechten Ton ihrer Mutter reizte die Leni zum Widerspruch, so daß ihr herausrutschte: »Ich möcht' ihn trotzdem net g'schenkt!«

»Jedenfalls wird eine, die ihn heiratet, vom ersten Tag an Bäuerin, die das Sagen hat. Du und dein Hansl, ihr müßt warten, bis es dem Hutter-Korbi recht ist, das Heft aus der Hand zu geben. Das kann noch wer weiß wie lang dauern.«

»Na und? Heiraten wir halt, auch wenn noch net übergeben ist.«

»Du weißt, daß wir, dein Vater und ich, das net gutheißen. Wir lassen dich net als billige Magd für den Hutter ...«

»Herrje, Mutter, ich heirat' doch den Hansl und net den Hof. Wir denken da heut' nimmer so rückständig.«

»So, rückständig ist das! Und ich sag: Du hast keinen Stolz, wennst damit zufrieden bist!«

Eine Frau wie die Mutter, so sehr im Althergebrachten verfangen, so fest in Traditionen verwurzelt, änderte man nicht mehr. Es hatte deshalb keinen Zweck, sich weiter mit ihr anzulegen.

Da zog man nur den kürzeren, regte sie und sich unnötig auf.

Um von diesem leidigen Thema wegzukommen, fragte die Leni: »Wann willst sie denn besuchen, die Kuglmüllerin?«

»Was heißt: ich? Die Kuglmüllerin ist deine Firmpatin! Es gehört sich, daß du deine Godn besuchst!«

»Ich hab' gemeint, du willst auch in die Stadt und ein bißl was einkaufen und ...«

»Gell, da darf ich auch mitfahren«, mischte sich nun die Sanni zum erstenmal ein.

Über das runde, vom Herdfeuer erhitzte Gesicht der Amrainerin – sie goß soeben eine Einbrenn auf – glitt ein nachsichtiges Schmunzeln. Doch noch ehe sie etwas erwidern konnte, schnappte die Leni eifersüchtig: »Freilich! Überall mußt dabeisein!«

Begütigend und sehr viel sanfter und nachsichtiger als kurz zuvor sagte die Amrainerin: »Herrschaftszeiten, so laß ihr doch das bißl Freud'! Stört doch keinen, wenn sie mitfahrt!«

›Ach ja, die Kleine halt!‹ dachte die Leni etwas erbittert. Da wird soviel nachgesehen. Beim Kaspi und mir hat's das nie gegeben. Aber das junge Nesthockerl ...

*

Zur selben Zeit ging in der Küche des Kuglmüllerhofes alles drunter und drüber. Dort regierte nun die Kuni, und das durchaus nicht zur Zufriedenheit der übrigen Hofbewohner.

»Na Herrschaftszeiten, da herin stinkt's und raucht's ja schon wieder, daß man fast erstickt«, stieß der Leonhard angewidert hervor, kaum daß er die Küche betreten hatte. »Was soll denn das werden, wenn's fertig ist?«

Hinter einer Wolke von Fettrauch kam Kunis Stimme etwas kläglich vom Herd herüber: »Dampfnudeln.«

Der Leonhard schien dieser Ankündigung zu mißtrauen. Er trat ebenfalls an den Herd, hielt den Atem an und warf einen Blick in die große eiserne Pfanne. Dort schwammen im schwärzlichen, rauchenden Fett kleine weiße Teigklümpchen, nackten Spatzen nicht unähnlich.

»Die müssen sich aber noch schwer ändern«, brummte er kopfschüttelnd. »Außerdem, gehört da net ein Deckel auf die Pfann', der sogar ganz fest schließen muß?«

»Na ja, das kommt schon noch.« Die Kuni tat geschäftig und schob ihn beiseite.

Als der Leonhard die Küche wieder verließ, rief sie ihm herausfordernd nach: »In die Hausarbeit brauchst dich net auch noch einimischen, daß du's weißt!« Sie preßte die Lippen zusammen. Himmiherrgott, wenn nur das mit dieser Malefizkocherei ein bißl besser funktioniert hätte, dann wäre sie jetzt – wo sich doch so vieles geändert hatte gleich ganz anders dagestanden. Jetzt hätte sie an sich das Regiment voll übernehmen können. Wird schon noch, tröstete sie sich.

Seit sie vom Unfall der Bürgermeister-Agnes erfahren hatte – sie wußte es ja von jeher, daß die keine ernstliche Gefahr darstellte –, war die Kuni voll Hoffnung, ihr Ziel rasch zu erreichen. Der sich verschlimmernde Zustand der Bäuerin war für sie auch von Vorteil. Ihre Karten standen durchaus nicht schlecht.

Als es dann jedoch Zeit zum Mittagessen wurde, bekam die Kuni sogar vom Heini eine enttäuschende Zurechtweisung. Kaum hatte er eine ihrer sogenannten Dampfnudeln aus der Pfanne gestochen, da schoß ihm die Zornesröte ins Gesicht.

Angewidert auf das nur hühnereigroße, mit Fett vollgesogene Teigbällchen starrend, das jedoch das spezifische Gewicht von Uran zu haben schien, stieß er wütend hervor: »Wer soll denn so einen Schlangenfraß fressen? Willst uns alle mitnander umbringen? Naa, du, jetzt langt's mir! Du hast in der Kuchl herin nix mehr zu suchen. Diesen Saustall, den du in wenigen Tagen angerichtet hast das kann man nimmer aushalten!«

Kunis rundes, pausbäckiges Gesicht zerfiel zu einer weinerlichen Grimasse, und sie heulte los:

»Ich hab' auch bloß nur zwei Händ'! Ich kann schließlich net hexen!«

»Hör auf zu plärren!« fuhr der Leonhard sie an. »Tatsach' ist, daß es so net weitergehen kann! Wir brauchen jemand für die Kuchl, fürs Haus!« Sich an den Jungknecht wendend, fuhr er fort: »Bertl, du nimmst nachher das Radl und fahrst zur Schwendl-Johanna, fragst, ob sie uns aushilft. Sie kennt sich bei uns aus, weiß überall Bescheid noch von früher her, und sie versteht ihre Sach.«

»Soll ich mir jetzt eine vor die Nasn setzen lassen? Noch dazu eine fremde Person?« keifte die Kuni. »Ich ...«

»Uns ist die Johanna net fremd«, fiel ihr der Heini, erleichtert über die Entscheidung seines Ziehbruders, ins Wort. »Sie hat bei uns lang als Kuchldirn gearbeitet. Bis sie geheiratet hat, da ...«

»Nachher wird sie grad ganz scharf drauf sein, wieder ...«

»Der Schwendl-Hias ist schon vor Jahren im Holz verunglückt; sie bessert ihre Rente auf, indem sie zum Postwirt zum Abspülen geht«, erklärte der Leonard. »Ich glaub' gewiß, sie laßt uns net im Stich.«

»Ist am End' froh drum, wieder ganz bei uns bleiben zu können«, sagte der Heini rasch. »Ich besuch heut' nachmittag die Mutter, und eh ich in die Stadt fahr' schau' ich selber bei der Johanna vorbei und frag' sie.«

Außer der Kuni schienen alle darin eine mögliche Lösung ihres Dilemmas zu sehen. Sie wollte protestieren, sah dann jedoch ein, daß es besser war, den Mund zu halten.

Stillschweigend räumte sie die Pfanne mit dem schwerverdaulichen Inhalt, der die Gemüter so erregt hatte, vom Tisch. Danach stillte jeder seinen Hunger mit Geräuchertem, Butter und Brot.

*

Wer wollte es dem Kuglmüller-Heini verübeln, wenn er in seiner Angst um die Mutter, sich vor dem Besuch bei ihr noch ein wenig Mut antrank? Das Flaschl Doppelbrand in seiner Brusttasche war bloß für alle Fälle gedacht. Man konnt ja nie wissen. Man rastete weniger schnell aus, wenn man etwas griffbereit hatte!

Wie klein und mager sie dalag, die Mutter, kaum, daß sich der Körper unter der Bettdecke abhob.

Es zog dem Heini das Herz zusammen; seine Zunge, seine Kehle waren schon wieder wie ausgedörrt. Um der Rührung Herr zu werden, log er mit gezwungenen, wie gefroren wirkenden Schmunzeln: »Schaust schon viel besser aus, Mutter.«

»Ja, gell!« Die Kuglmüllerin lächelte zu ihm auf; ein Lächeln, das nur bis zu den Mundwinkeln reichte.

Er stellte sich einen Stuhl neben das Bett, setzte sich und berichtete ihr, daß sich die Schwendl-Johanna nun ums Hauswesen kümmerte.

»Bloß, bis du wieder auf den Füßen bist, Mutter«, versicherte er.

»Gott sei Dank!« kam es erleichtert von der Kranken. »Darauf hätt' ich auch selber kommen können. Jetzt weiß ich' daß alles in guten Händen ist und euch bei keiner Mahlzeit was abgeht!«

Von der Agnes wurde kein Wort mehr geredet. Es wurde nicht einmal erwähnt, daß sie bereits wieder aus dem Krankenhaus entlassen worden war.

Der Heini druckste ein Weilchen herum, dann fragte er: »Weißt schon was, mußt operiert werden?« All die Tage bisher hatte er den Mut, mit einem Arzt zu reden, nicht aufgebracht. Es war offensichtlich, er hatte Angst vor der Wahrheit.

Die dürren, knochigen Finger der Kuglmüllerin schlossen sich fester um die abgegriffenen Perlen des Rosenkranzes, ehe sie leise hervorbrachte: »Morgen ... morgen soll ich operiert werden.« Dabei lagen all die Furcht und Ratlosigkeit des hilflos Ausgeliefertseins in ihren Augen. Hastig fuhr sie fort: »Ich bin froh, wenn ich's hinter mir hab' und es wieder aufwärts geht.«

»Muß es denn wirklich sein?«

»Ja, Bub, es muß sein! Sie sagen, es wär' da eine Geschwulst, die muß heraus, ehe sie mir was abdruckt. Davon hab' ich auch die Schmerzen. Der Doktor meint ...« Ein Klopfen an der Tür ließ sie verstummen.

»Ja? Herein!« rief der Heini.

Die Tür wurde geöffnet. Zuerst erschien die Amrainerin, dann schob sich die Leni ins Zimmer. Beide wirkten etwas betreten, bemühten sich aber, Optimismus auszustrahlen.

Ihren riesigen Blumenstrauß schwenkend, tat die Amrainerin überschwenglich: »Jessas, naa, Burgl, was machst denn du grad für Sachen! Aber gut schaust aus! Viel besser, als ich erwartet hab! Hab' ich net recht, Leni?«

Die Leni konnte ihr Erschrecken über das verfallene Aussehen ihrer Firmpatin kaum verbergen, schluckte und nickte bejahend, als sie zögernd ans Bett trat.

Der Heini nahm den Besuch zum Anlaß, sich davonzustehlen. »Ich schau' nachher noch einmal zu dir einer, Mutter«, rief er ihr zu, ehe er die Tür hinter sich schloß.

Erst hier, auf dem menschenleeren, kahlen Flur gab er diesem schmerzlichen, beklemmenden Gefühl nach, diesem Würgen in seiner Kehle, dem Brennen in seinen Augen. Er ahnte, nein, er wußte, es stand schlecht, arg schlecht, um seine Mutter. Die Vorstellung, sie könne sterben, ihn allein zurücklassen, traf ihn wie ein Hammerschlag. Er brauchte sie, sie war der einzige Mensch, den er hatte, und ohne sie – noch versuchte er dies zu verdrängen – würde er verloren sein.

»Jessas, Heini, steht's so schlimm?« riß ihn eine unsicher und zugleich mitfühlend klingende Mädchenstimme aus seiner Verzweiflung.

Er hob den Kopf, sah auf einer schmalen weißen Bank ein Dirndl sitzen, das nur die jüngere Schwester der Amrainer-Leni sein konnte. Es schaute ihm so verständnisvoll entgegen, daß er unumwunden zugab: »Ja, ich fürcht' schon!« Merkwürdigerweise schämte er sich gar nicht vor ihr, als er heiße Tränen über seine Wangen rinnen spürte.

Obgleich die Bank genügend Platz bot, rückte die Sanni bereitwillig ein Stück beiseite, wobei sie ihn gerührt aufforderte: »Komm, setz dich halt ein bißl her, Heini!«

Er tat es, ließ sich neben ihr nieder und starrte dumpf und verzweifelt vor sich hin.

Schier zergehend vor Mitleid wisperte sie schließlich – ja, ganz dünn klang ihre Stimme vor Anteilnahme – verständnisvoll: »Red dich ruhig aus, wenn's dir danach ist, Heini. Ich kann mir's gut vorstellen, wie hart einen so was trifft.«

Er schniefte, dann schneuzte er sich laut und vernehmlich. Sein Sacktuch umständlich wegsteckend, gab er etwas befangen zu: »Weißt, es ist halt, weil ich sonst gar niemand hab, bloß die Mutter.«

Auf ihrem feingeschnittenen Gesicht spiegelte sich erneut tiefes Mitleid wider. Wohl mehr, um irgend etwas zu sagen, wandte sie ein: »Und der Leonhard? Dein Ziehbruder …«

»Ach, der!« stieß der Heini hervor, verbesserte sich jedoch rasch: »Weißt' ist halt auch nur ein Mannsbild.«

»Ja, freilich, eine Mutter kann keiner ersetzen. Aber du darfst die Hoffnung net so schnell aufgeben. Sie wird gewiß wieder werden.«

Nun war ihm sein vorheriges Verhalten doch ein wenig peinlich. »Ja, man muß allweil hoffen. Sie ist ja auch noch so jung, erst siebenundfünfzig. Und nie net krank gewesen, net, solang ich zurückdenken kann.«

»Ja, ja«, seufzte die Amrainer-Sanni hilflos, da ihr ein anderer Trost nicht einfiel.

»Warum bist denn du net mit eini?« wollte der Heini wissen. Er schaute sie nun genauer an. Und was er zu sehen bekam, gefiel ihm wahrhaftig nicht schlecht: Die Sanni ist, das mußte er zugeben, zu einer wahren Schönheit herangewachsen. Ausgesprochen nett und richtig anziehend war sie obendrein. Ein Dirndl mit Herzenswärme.

Sie wurde unter seinen eindringlich forschenden Blicken etwas befangen. »Die Mutter und die Leni haben gemeint, es regt die Kuglmüllerin auf, wenn soviel Leut' auf einmal kommen. Und mich kennt sie ja net so gut wie …«

»Du, ich wüßt' was!« Der Heini strahlte sie plötzlich an, als hätte er seinen Kummer von einem Moment auf den anderen völlig vergessen. »Derweil deine Leut bei meiner Mutter sind, genehmigen wir zwei uns frische Weißwürscht und eine Maß. Gleich drüben, beim Lamplwirt. Einen Mordsdurst hat man bei der Hitz'.« Letzteres war es, was ihn auf die Idee gebracht hatte. Als sie zögerte, fuhr er eindringlich fort: »Ich bitt' dich, Sannerl, mach mir halt die Freud'! Wir sind ja gleich wieder da.«

Sannerl hatte man sie nicht mehr genannt, seit sie den Kinderschuhen entwachsen war. Und von ihm klang es so schmeichelnd, daß sie nicht widerstehen konnte. »Der Mutter muß ich's aber schon sagen.«

»Wart, ich erledige das!«

Gleich darauf setzte der Heini die drei Frauen von seinem Vorhaben in Kenntnis. Nur der Leni schien dies nicht so recht zu passen, was man ihrem Gesichtsausdruck ansehen konnte.

Die Kuglmüllerin lächelte leicht und bat ihren Sohn: »Wennst zurückkommst' bringst sie aber mit herein, die Sanni, gell? Ich möcht' ihr auch grüß Gott sagen.«

»Aber viel länger als eine halbe Stund' haben wir fei nimmer«, glaubte ihm die Leni mahnend nachrufen zu müssen. »Wir haben noch etliches zu erledigen in der Stadt.«

»Das geht sich schon aus!« kam es begütigend und mit geradezu auffallendem Wohlwollen von der Amrainerin. »Laßt euch die Weißwürscht nur schmecken! Wir können die Sanni ja hernach beim Lamplwirt abholen und mitnehmen.«

So viel Entgegenkommen verschlug der Leni direkt die Sprache, aber das merkte der Heini nicht mehr. Er hatte es brandeilig, davonzukommen.

»Wie alt ist eure Sanni jetzt?« fragte die kranke Kuglmüllerin betont harmlos.

Ebenso harmlos antwortete die Amrainerin: »Neunzehn ist sie geworden.«

»Aha! Ja, ja, die Zeit vergeht. Schon neunzehn!«

Die Leni wußte haargenau, was sich eine jede von ihnen dachte, und dabei fühlte sie sich unangenehm berührt, ließ ein Gefühl der Scham sie verlegen werden.

Indessen stand das Pärchen vor dem »Gasthaus zum Lamm« vor verschlossener Tür.

»Müssen die aber auch ausgerechnet heut' Ruhetag haben!« stieß der Heini verärgert hervor. »Na ja, macht nix! Sollen sie sich ihr G'lump auf den Hut auffistecken und uns gern haben! Wir gehen zum Sternbräu, dort sind die Weißwürscht eh besser und das Bier auch!«

»Ich fürcht', das wird zu spät«, versuchte die Sanni zu widersprechen.

Doch da hatte er bereits ihre Hand gefasst, zog sie mit sanftem Nachdruck mit. »Sei kein Spielverderber, Sannerl! Wo wir uns grad getroffen haben, wirst mir doch net schon wieder davonlaufen. So schnell laß ich dich jetzt nimmer aus!« Er bekräftigte dies mit einem festeren Druck seiner Hand.

Eine ganz merkwürdige Erregung erfaßte die Sanni, die sie selbst die Furcht vor der gestrengen Mutter vergessen ließ. Gleichzeitig verspürte sie stolz, daß sich kein geringerer als der Kuglmüller-Heini in so auffälliger Weise um sie bemühte. Jedes Mal, wenn sich ihre Blicke trafen, schlug ihr das Herz bis zum Hals hinauf.

Er ließ ihre Hand auch nicht los, als sie unter den breitästigen Kastanien im schattigen Wirtsgarten saßen.

Der Kuglmüller-Heini war mit einemmal wie umgewandelt. Er war lebhaft und lustig, verstand es, die Sanni zum Lachen zu bringen, und zeigte ihr, wie gut sie ihm gefiel. Der Wein, den er für sie bestellte – vom Besten' versteht sich –, tat ein übriges, und so war's nicht verwunderlich, daß sie bald die Zeit und die Welt um sich vergaßen.

Mit langen Gesichtern standen die Amrainerin und die Leni vor dem «Gasthof zum Lamm« und starrten auf das Schild: ›Heute Ruhetag!‹

»Ich hab' mir's ja gleich denkt' daß da nix Gescheites herauskommt, wenn sie mit dem Heini unterwegs ist«, murrte die Leni. »Jetzt können wir schaun, wo wir sie auftreiben. Und derweil wird uns die Zeit zum Einkaufen eh schon knapp!«

Sie werden halt woandershin sein«, begütigte die Amrainerin. »Deswegen brauchst dich net gleich so aufzuregen.«

Die Leni wollte schier der Schlag rühren vor Überraschung über so viel Verständnis und Nachsicht. Dies war etwas völlig Neues und Unbekanntes an ihrer für Zucht und Strenge bekannten Mutter.

»Der Heini wird sie gewiß nachher heimbringen, wenn wir sie unterwegs nirgends treffen.«

»Jetzt aber alles, was recht ist«, rumpelte es der Leni empört heraus. »Die Sanni darf sich aber allerhand erlauben. Oder meinst am End', sie sollt' noch Kuglmüllerin werden?« setzte sie respektlos hinzu.

Anstatt jedoch wie erwartet aufzubrausen, ihrer vorlauten Tochter über den Mund zu fahren, zurrte die Amrainerin das seidig glänzende Kopftüchl fester unter ihrem Doppelkinn zusammen, dabei schmunzelte sie geheimnisvoll vor sich hin. Sich den unvermeidlichen Regenschirm, ohne den sie nie unterwegs war, unter den Arm klemmend, gab sie schließlich unumwunden zu: »Warum eigentlich net?«

»Aber Mutter, wo sie doch noch so jung und dumm ...«

»Es muß ja net von heut auf morgen geheiratet werden. Und älter wird sie schon von allein.«

Der Leni gefiel es gar nicht, wie kühl berechnend über ein Schicksal, noch dazu eines eigenen Kindes, entschieden wurde. Sie mußte – sollten sich ihre Befürchtungen tatsächlich bewahrheiten – ihrer unerfahrenen Schwester zu gegebener Zeit die Augen öffnen!

*

Die Kuglmüllerin hatte der Besuch angestrengt, so daß sie eingeduselt war, nachdem die Amrainerin und die Leni sie verlassen hatten. Und sie träumte tatsächlich von einer Heirat ihres Buben mit der Sanni.

Sie träumte dies so intensiv, daß sie nur langsam in die Wirklichkeit zurückfand als das Pärchen plötzlich vor ihrem Bett stand und nach Sannis Leuten fragte.

Verwirrt stammelte sie: »Die Amrainerin und die Leni …? Die sind schon fort … Wann sie gegangen sind, weiß ich nimmer genau. Habt ihr euch net getroffen?«

Der Heini erklärte ihr, warum man sich verfehlt hatte, fügte jedoch im gleichen Atemzug mit einem Lachen hinzu: »Heut ist mein Glückstag, Mutter! Da schaut man halt net auf die Zeit.«

Die eingesunkenen Augen der schwerkranken Frau begannen zu glänzen, als Heini den Arm besitzergreifend um die Schultern des errötenden, verlegenen Mädchens legte. »Herrje ... Bub, Madl!«

»Mutter, ich glaub', ich hab' mich Hals über Kopf verliebt«, verkündete der Heini überraschte damit die Sanni ebenso wie seine vor Freude schier aus dem Häusl geratende Mutter. »Was sagst dazu? Gefallt sie dir als Schwiegertochter?«

»Ich bitt'dich, Heini!« versuchte die Sanni ihn in tiefer Verlegenheit zu bremsen, wollte sich seinem Arm entwinden. »Ich fürcht' fast, du hast ein bißl zu tief ins Weinglasl einigeschaut.«

»Ach was, so was gehört gefeiert.« Damit zog er sie noch fester an sich. Er schien alles, was ihn vor Stunden noch bedrückt und geängstigt hatte, vergessen zu haben.

Und doch hatten sein rauschhaftes Glück, die überschwengliche Art, wie er sich an Sanni klammerte, fast etwas Verzweifeltes. Sein Lachen und seine Gesten waren doch ein bißl zu hektisch.

Wenn die Kuglmüllerin es spürte, so wollte sie es doch in ihrer Freude nicht wahrhaben.

Kurz darauf, als sie wieder allein war, lächelte sie still vor sich hin. Auf einmal fühlte sie sich wie von einer schweren Last befreit.

Am Ende hatte der liebe Herrgott ein Einsehen und machte ihr das Gehen von dieser Welt um vieles leichter. Der Bub, ihr Heini, sollte halt nicht allein zurückbleiben, sollte versorgt sein, einen Menschen haben, der ihm Liebe, Geborgenheit und vor allem einen festen Halt gab.

Die Kuglmüllerin schlief wieder ein, noch immer ein Lächeln um die Lippen.

Unterdessen erledigten die beiden Amrainerinnen ihre Einkäufe, dabei murrte und maulte die Leni unentwegt. Sie hielt ihrer Mutter entgegen: »Ich hätt' mir so was erlauben sollen wie die Sanni, nachher wär' der Teufel aber los gewesen! Da hätt' ich net hören wollen, was du mir erzählt hättest.«

Fast wirkte die Amrainerin ein wenig schuldbewusst, als sie sich die Vorwürfe so geduldig anhörte. Plötzlich jedoch fauchte sie mit gedämpfter Stimme zurück: »Sie werden schon auftauchen! Jetzt muß einmal eine Ruh' sein! Man muß sich ja schämen vor den Leuten mit deinem andauernden Gezeter.« Dabei schwang sie ihren unentbehrlichen Regenschirm so grimmig wie ein Schlachtschwert, was ihre innere Erregung verriet. Sie dachte und plante bereits viel weiter als die Leni, von der es vorlaut zurückkam:

»Wär's nur ein anderer als der Kuglmüller-Heini! Und ich sag' dir's Mutter, die Widmooser-Agnes, auch wenn sie arg überspannt ist, hat schon gewußt, warum sie sich net auf den Heini verlassen hat ...«

»Da bleibt's aber abzuwarten, mit wem sie sich einmal besser steht«, wandte die Amrainerin gereizt ein. »Mit einem windigen Beamten oder mit einem gestandenen Hoferben und Bauern! Und wer weiß, ob dieser neue Förster, der sie ins Gered' und ins Krankenhaus 'bracht hat, überhaupt heiratet!«

Die beiden stritten noch, als sie bereits im Bus saßen, der sie heimwärts schaukelte. Um dem unerfreulichen Disput ein Ende zu machen, nicht zerstritten und zerkriegt heimzukommen, sagte die Amrainerin schließlich resolut: »Der Heini weiß schon, was sich gehört!«

Genau das reizte die Leni erneut. »Ich glaub' das weniger!« giftete sie.

»Jetzt hältst aber deine vorlaute Schnappn! Der Heini bringt die Sanni gewiß unversehrt zurück.«

Und das geschah dann zum Glück auch bald. Kurz nachdem die Bäuerin und die Leni abgekämpft daheim angekommen waren, donnerte der Kuglmüller-Heini mit seinem Motorrad auf den Hof, die Sanni hinter sich auf dem Sozius.

Das bitterböse, vorwurfsvolle Geschau der Leni und ihr unwilliges Gebrumm wurden nicht ernst genommen; die laute Freundlichkeit der Amrainerin beim Anblick des jungen Pärchens überdeckte alles. Sie zeigte gleich so viel Verständnis dafür, daß man sich verfehlt hatte, daß bei der Sanni ein schlechtes Gewissen erst gar nicht aufkam. Den Heini ermunterte dies, zumal er sich bereits einigen Schneid angetrunken hatte, auch jetzt aus seiner Verliebtheit kein Hehl zu machen und kundzutun, wie glücklich er über das Zusammentreffen war.

Und die unschuldige, so ganz und gar noch unerfahrene Sanni? Die brauchte man nur anzuschauen, um zu wissen, daß sie lichterloh brannte vor Liebe, Stolz und Glück. Die Warnungen ihrer Schwester tat sie als mißgünstige Besserwisserei ab, hörte kaum zu. Schließlich gab es da noch ihre Mutter, und die war um einiges erfahrener und klüger als die Leni.

Die Mutter schien recht viel vom jungen Kuglmüller zu halten – was Sannis Meinung nach nicht verwunderlich war. Ihr selber erschien der Heini als der Inbegriff eines schneidigen, frischen und feschen Burschen, der dazu auch noch etwas vorstellte. Er kam ihr wie der Märchenprinz vor, von dem jedes junge Madl insgeheim träumt.

Als der Kuglmüller-Heini an diesem Abend mit einem Fetzenrausch heimkam, glaubte er durchaus berechtigten Anlaß zum Trinken gehabt zu haben. Oder war das vielleicht kein Mordsglück, wenn man das hübscheste Madl, das aus einer ehrbaren Familie stammte, und das ihn obendrein bewunderte und anhimmelte, kennenlernte? Das richtige Madl, haargenau im richtigen Augenblick sozusagen!

Mit einer Bäuerin wie der Sanni, brav, hochanständig und für diese Rolle erzogen, konnte doch seinem Glück nichts mehr im Wege stehen! Dann war's aus und vorbei mit der Wichtigtuerei des Leonhard, seinem ständigen Dreinreden. Er, Heini, und natürlich seine tüchtige Bäuerin würden das Regiment in die Hand nehmen und dafür sorgen, daß auf dem Kuglmüllerhof wieder ein frischer Wind wehte. Auch seiner Mutter konnte er keine größere Freud' machen …

»Ach, du lieber Heiland, ja, die Mutter, die morgen …«

Derweil ihm dies durch den Kopf schoß und er sich vergeblich mit dem Hausschlüssel abmühte, wurde die Tür von innen geöffnet, und vor ihm stand eine Frauensgestalt, die er im ersten Moment nicht erkannte. Erst als sich der Alkoholnebel in seinem Kopf etwas lichtete, murmelte er überrascht: »Die Johanna! Du bist schon da! Was bist denn noch auf um die Zeit?«

Seinen angeschlagenen Zustand übersehend, entgegnete die Johanna, eine hochgewachsene Endfünfzigerin in ihrer ruhigen, zurückhaltenden Art: »Ich hab' mir denkt, du hast deinen Hausschlüssel net bei der Hand.«

Sie sah wohl ein, daß es wenig Sinn haben würde, ihm ihr frühes Kommen zu erklären. Sie hatte sich, ehe sie morgens in aller Herrgottsfrühe mit ihrer Arbeit begann, ein wenig umsehen wollen, gewissermaßen wieder einleben in dem Hof, in dem sie schon einmal gedient hatte. Die Frage nach dem Zustand seiner Mutter unterdrückte sie, schaute ihm nur mit bekümmerten Augen nach, wie er die Treppe hinauftorkelte. Mit einem verständnislosen Kopfschütteln ging sie wieder in die Küche zurück.

Als der Heini den nur spärlich erhellten Flur entlangtappte, öffnete sich lautlos eine Tür, die Kuni stand mit einladendem Lächeln, nur mit einem Nachthemd bekleidet, auf der Schwelle.

Er scheuchte sie im Vorübergehen mit einer geringschätzigen, kaum mißzuverstehenden Handbewegung ins Dunkel ihrer Kammer zurück, während ein seliges, zugleich auch ziemlich törichtes Grinsen auf seinem Gesicht erschien. So was kam nicht mehr in Frage, schon gar nicht, da er nun endlich das Madl gefunden hatte, auf das sich das Warten lohnte. Keine gefühllose Bohnenstange wie die Widmooser-Agnes, die außer ihrem Namen und ihrer Mitgift nichts Anziehendes aufzuweisen hatte. Ihre Untreue hatte nur seinen männlichen Stolz, seine Eitelkeit getroffen, nicht sein Herz.

Nun, das mit dem Warten würde kaum allzu lang dauern. Er kicherte leise vor sich hin, als ihm das Sprichwort vom Heiraten und vom Schlittenfahren einfiel. Beides mußte schnell gehen, wollte man daran seine Freud' haben!

*

Im Kuglmüllerhof saß man nach getaner Stallarbeit in der geräumigen Küche beim Morgenkaffee, als Schritte die Stiege herabpolterten, dazu ein fröhliches Pfeifen ertönte.

Kein Wunder, daß man überrascht aufschaute. Man war es gewöhnt, daß der Hofsohn nach einem feucht-fröhlichen Abend mit brummendem Schädel und in verkaterter Stimmung erschien.

Dem verquollenen Gesicht und den geröteten Augen nach zu schließen, ging es dem Heini auch heute nicht gerade bestens, doch sein: »Guten Morgen, beinand!« klang ausgesprochen heiter.

Kunis mürrische Miene nahm einen mißtrauischen Ausdruck an, während sie aus den Augenwinkeln beobachtete, wie er durstig eine große Schale mit schwarzem Kaffee in sich hineingoß, noch ehe er sich an den Tisch gesetzt hatte.

»Wie geht's der Mahm?« fragte der Leonhard. »Wie's scheint, besser?«

Der Heini setzte sich auf seinen Platz, schüttelte den Kopf, ehe er dann mit plötzlicher Resignation antwortete: »Naa, heut' muß sie operiert werden.«

»Jess' Mar' und Josef!« entfuhr es der Johanna, während dem mit vollen Backen kauenden Berzl der Bissen im Hals stecken blieb. »An was denn grad um Gott's willen?«

Entweder der Heini hatte keinen Appetit oder er war ihm auf einmal vergangen. Seinen hölzernen Teller zurückschiebend, stieß er, den Blick starr auf den Tisch gerichtet, hervor: »Nachschauen, was ihr eigentlich fehlt.«

»Kann man denn das net auch anders?« fragte der Leonhard fast tonlos.

»Nein, Leonhard, manchmal net«, meinte die Johanna begütigend. »Die Ärzte werden schon wissen, was sie tun und was der Bäuerin hilft.«

Man sah es dem Leonhard an, daß er dazu noch gern etwas gesagt hätte, doch er preßte die Lippen fest zusammen, fuhr sich mit den gespreizten Fingern nervös durchs blonde, dichte Haar. Sein schwerer Atem verriet, was in ihm vorging.

»Weißt, wann man was erfragen und erfahren kann?« erkundigte er sich schließlich beim Heini.

Daraufhin mußte der sichtlich verlegen gestehen: »Naa, eigentlich net, net so genau ...«

»Herrgott, Mensch, warum denn net?« kam es von seinem Ziehbruder.

»Ja na, weil wir hernach ...« Der Heini blickte unsicher zu den gespannt lauschenden Dienstboten und suchte offensichtlich nach einer Ausrede. »Na ja, Leonhard, da haben wir halt nimmer drüber geredet, weil ...«

Da griff die Johanna ein. »Kuni, ich glaub', du bist fertig. Also können wir jetzt gleich mitnander in den Keller gehen; die Kartoffeln müssen abputzt werden, und der Berti bringt uns gleich etliche Körb' oder Kistl, wo wir die verfaulten und die Trieb hineintun können! «

Obgleich diese plötzliche Abberufung nun, da es interessant zu werden begann, keinem der beiden paßte, kam man dieser Aufforderung sofort nach. Die neue Hauserin verstand es von Anfang an, sich Respekt zu verschaffen. Sogar die Kuni getraute sich nicht aufzumucken, da sie nicht wußte, wie es weitergehen sollte, wie man dran war.

Während sich das Gesinde an die Arbeit machte, meinte der Heini gedehnt: »Ich glaub', ich brauch' ein Flaschl Bier. Ich hab' einen Mordsbrand ...«

»Ist das net noch arg früh?« wandte der Leonhard ein.

Ohne darauf zu antworten, verließ der Heini die Küche, um gleich darauf mit zwei Bierflaschen zurückzukommen. Er ließ den Verschluß aufschnalzen und trank in langen, durstigen Zügen. Sich den Schaum von den Lippen wischend, sagte er: »Tut das gut! So, jetzt ist mir wohler.«

»Gestern muß es ja recht hoch hergegangen sein. Was war denn los?« wollte der Leonhard nun wissen.

»Kennst du die Amrainer–Sanni?«

»Die ist doch fast noch ein Kind.«

»Schmarrn! Sie ist bald zwanzig«, übertrieb der Heini. »Du, ich sag' dir, das ist ein Madl! So was von bildsauber und lieb ...«

»Du scheinst dich ja schnell getröstet zu haben«, fiel der Leonhard ihm nüchtern ins Wort.

»Geh zu, das mit der Agnes war doch eh nie was G'scheit's. Sie hat mir ja direkt einen Gefallen erwiesen.« Und schon geriet der Heini erneut ins Schwärmen, beschrieb Sannis Vorzüge in den schillerndsten Farben, dabei ließ er auch gleich einfließen, wie wohlwollend beide Mütter die spontane Zuneigung aufgenommen hatten. »Ich sag' dir's – die Sanni und keine andere wird meine Bäuerin!«

Aufmerksam hatte der Leonhard ihm zugehört. Nun meinte er mit einigem Zweifel: »Ich weiß net recht ... So geschwind geht doch so was doch net.«

Da fuhr der Heini, das fast schon geleerte Bierflaschl schwenkend, auf: »Die Sanni – und sonst keine! Es hat geschnackelt! So was nennt man Schicksal! Mit ihr, wirst sehen, wird alles ganz anders.«

»Wär' net schlecht«, bemerkte der Leonhard.

Der rasch getrunkene Alkohol tat bereits seine Wirkung. Dem Ziehbruder beinahe an die Kehle gehend, schleuderte der Hoferbe ihm geradewegs ins Gesicht hinein: »Deine Belehrungen kannst dir sparen. Die brauch, ich nimmer. Ich werd' mein Sach' bald selber in die Hand nehmen, muß mir als ein verheiratetes Mannsbild und Bauer nix mehr dreinreden lassen!«

Nach außen hin wirkte der Leonhard ruhig als er sich erhob. Man merkte ihm nicht an, wie sehr ihn der ungerechtfertigte Angriff verletzt hatte, als er im Davongehen entgegnete: »Es wär' auch für mich gewiß net schlecht, wenn ich mich endlich einmal um nix mehr hier zu kümmern braucht!«

Draußen kam die Kuni gerade noch rechtzeitig von der Tür weg, verschwand in der Öffnung zur Kellerstiege, ehe der Leonhard auf den Hausgang hinaustrat.

Auf der Stiege mußte sie sich niedersetzen. Sie stellte das leere Kistl neben sich, derweil sich ihre Augen mit Tränen füllten. Die Kuni flog am ganzen Körper, in ihr loderte vor bitterer Enttäuschung heißer Haß.

Dieser Schuft, dieser abgefeimte! Jetzt wurde sie vom Heini auf die Seite geschoben wie ein Stück Dreck! Nur seine Pratzen hatte er sich an ihr abgeputzt wie an einem alten Handtuch! In der Nacht, in der Verschwiegenheit der finsteren Kammer, da war sie ihm gut genug gewesen. jetzt schmachtete er hinter so einem Rührmichnichtan her, dachte nicht im entferntesten daran, sie, Kuni, zu seiner Bäuerin zu machen. Aber so ließ sie mit sich nicht umspringen, so durfte man sie nicht behandeln!

Die Aussicht freilich, zu ihrem Recht zu kommen, war gering. Es fiel ihr auch nichts Handfestes ein, wie sie es anstellen sollte. Und das war es, was sie am meisten erboste: dieses Ausgeliefertsein, ohne sich wehren, zurückschlagen zu können.

Irgendetwas mußte ihr einfach noch einfallen. So durfte man sie wirklich nicht behandeln! Ohne weiteres trat sie nicht beiseite!

Der Widmooser-Lorenz hatte seinen Grimm über den ganz und gar bodenlosen Unverstand seiner Weibsleute noch nicht überwunden. Eine hirnrissige Dummheit seiner Bäuerin war es gewesen, die Agnes, dieses damische Ding, mit dem neuen Förster mitfahren zu lassen! Nun hatte man das Malheur und hockte mittendrin im tiefsten Schlamassel. Das ganze Dorf lachte sich ins Fäustchen, gönnte ihnen – den Bürgermeisterischen diesen Reinfall.

Der Widmooser war erfahren genug, um zu wissen, daß inzwischen alle Sympathien auf seiten der Kuglmüllerischen waren; noch dazu jetzt, wo es der Bäuerin, dieser patenten, allseits geachteten Frau, schlecht ging.

Das hatte genau gepaßt wie die Faust aufs Auge! Nun hatte man das Gespött, die üble Nachred'!

Da gab's nur noch eins: die Flucht nach vorn' ob ihm das schmeckte oder nicht.

Am meisten fuchste den Bürgermeister die ganze Sache' weil er akkurat vorausahnte, wie alles ausgehen würde. Er besaß Menschenkenntnis, wußte deshalb genau, wie erpreßbar man geworden war, wie sehr dies dieser Netterer-Alfred ausnutzen würde.

Der Widmooser hatte sehr schnell erkannt, daß der neue Förster aufs Geld aus war wie der Teufel auf die armen Seelen, daß er nichts anderes als seinen Vorteil im Sinn hatte und eine reiche Frau brauchte, die sein doch recht mageres Beamtengehalt aufbesserte.

Jedesmal, wenn der Widmooser die Agnes mit dem eingegipsten Arm sah, schoß ihm die Galle ins Blut. Anstatt Mitleid zu empfinden, grollte er ihr. Und wenn gar noch dieser Grünrock daherstelzte, mit stets hungrigen Augen alles registrierte, mußte er Reißaus nehmen, um seinem Zorn nicht laut Luft zu machen. Das verkniff er sich, weil es galt, dem Gerede der Leute einen Riegel vorzuschieben, indem man die Agnes so rasch wie möglich unter die Haube brachte.

Indessen scharwenzelte die Agnes hocherhobenen Hauptes umher, trug ihren Gipsarm wie eine Auszeichnung zur Schau und übte sich im Nichtstun, das – wie sie meinte – dem Dasein einer zukünftigen Beamtengattin zustand.

Es störte sie nicht einmal sonderlich, als bekannt wurde, daß sich der Kuglmüller-Heini bereits mit einer anderen getröstet hatte und fleißig im Amrainerhof einkehrte. Sie selbst hatte ihre Schäfchen auf dem trockenen, glaubte es geschafft zu haben. Das so sehr erstrebte vornehme Leben konnte bald beginnen! Als Frau Försterin würde sie nicht mehr mit den Hühnern aufstehen, sich plagen und die Hände schmutzig machen müssen. Sie würde gewissermaßen zur besseren Gesellschaft gehören!

In diese ganz und gar selbstsüchtigen Überlegungen und Träume bezog die Agnes die Liebe ebensowenig ein wie so manche Charaktereigenschaften ihres Zukünftigen. Sie nahm es ihm durchaus nicht übel, daß er sich gleich zu Anfang recht unverhohlen nach ihrer Mitgift erkundigte, war sie doch selbst fest entschlossen, soviel wie möglich für sich zu ergattern. Wozu war man schließlich die Tochter des Bürgermeisters? Dieses Erfolgsstreben zeigte zudem, wie gut man zueinander paßte.

*

Im Amrainerhof war man ziemlich zweigeteilter Meinung über die ebenso plötzliche wie heiß aufgeflammte Liebe zwischen der Sanni und dem Heini. So ganz und gar überzeugt von diesem Verehrer war natürlich außer der verliebten, vor Stolz schier benommenen Sanni nur die Amrainerin. Als gute Mutter wollte sie das Allerbeste für ihr Kind. Und eine bessere, reichere Partie wie den Kuglmüller-Heini gab es im ganzen Umkreis nicht.

Der Amrainer zeigte sich skeptisch, hielt sich aber, wie es seine Art war, zurück, denn in derlei Dingen entschied letztlich ohnehin seine Frau. Er gab allerdings zu bedenken, daß die Sanni zum Heiraten noch zu jung und unerfahren sei, auf die Aufgaben, einen so großen Hof zu führen, nicht genug vorbereitet.

Die Leni machte ihrem Unmut offen Luft, sagte rundheraus, was ihr nicht gefiel und was sie am Heini auszusetzen hatte. »Ich wett', der hat zwei linke Händ' und vergißt über einem Wirtshausdiskurs und einer Maß Bier alles andere! Für so einen Hallodri solle uns unsere Sanni zu schad' sein.«

»Ich möcht' grad wissen, warum du gar so sehr gegen den Heini bist«, brummelte die Amrainerin argwöhnisch. »Ich kann durchaus net finden, daß er ein unrechter Mensch ist.«

Daraufhin kam es schnippisch von der Leni: »Geld regiert die Welt! Bei uns, dem Hansl und mir, zeigt man sich net so nachsichtig.«

»Da liegt der Fall ein wenig anders ...«

»Klar, der Hansl ist keine so gute Partie!«

»Darum geht's net.«

»Nein?«

»Madl«, meinte die Amrainerin einlenkend, »noch sind die zwei net verheiratet. Und gar so narrisch pressiert's ja auch net, wo die Kuglmüllerin eh schon bald aus dem Krankenhaus heimkommt. Da wird sie rasch wieder auf den Füßen sein, wenn alles so schnell gegangen ist.«

Ja, so dachten viele. Die Wahrheit jedoch sah ganz anders aus, die kannte nur die Kuglmüllerin selber.

Daheim wollte sie sterben, unter dem Dach, unter dem sie gearbeitet, gelebt, sich gefreut und gelitten hatte, wollte ihre letzte und schwerste Stunde dort verbringen, sterben wie ihre Vorfahren, inmitten der Angehörigen, den Menschen, zu denen man gehörte, die man liebte.

So war es der Brauch, und so war es menschlich. Man verdrängte den Tod nicht; Sterben und Vergehen waren Teil des Lebens. Und man nahm im festen Glauben zum Herrgott an, was dieser bestimmte.

Der Heini, ganz gefangen in seiner jungen Liebe, übersah die Hinfälligkeit seiner Mutter, tröstete sie und sich mit einem beiläufigen: »So was braucht halt seine Zeit.«

»Ja, Bub, freilich. Man darf net ungeduldig werden«, kam es mit gutgespielter Zuversicht von der Kuglmüllerin, die mit jedem Tag mehr verfiel. Viel zu spät war es für eine Behandlung ihrer heimtückischen Krankheit gewesen. Es blieb für den Doktor nun nichts anderes mehr zu tun, als ihre Schmerzen zu lindern.

So gern hätte sie das Glück ihres Sohnes noch eine Zeitlang miterlebt, vielleicht sogar seine Heirat. Aber sie spürte das letzte bißl Kraft allzu schnell aus sich herausrinnen. Ihr blieb nicht mehr viel Zeit auf dieser Welt.

*

Es war ein diesiger Tag, der ahnen ließ, daß der Sommer bald in den Herbst übergehen würde. Auf den Wiesen wuchs das spärliche Grummet nach, auf den Feldern reiften Korn und Weizen. Und in den Vorgärten glühten und leuchteten die Dahlien in den sattesten Farben miteinander um die Wette.

Heute lag über dem Kuglmüllerhof' in dem ansonsten geschäftige Betriebsamkeit herrschte, eine geradezu lähmende Stille. Wie ausgestorben wirkte das mächtige Anwesen.

Der Herr Pfarrer trat aus der weit offenstehenden Haustür, gefolgt von zwei Ministranten im weißen Chorhemd. Sie gingen rasch die gewundene, von den breitastigen Ulmen gesäumte Auffahrt hinab, verschwanden im Schatten der Bäume.

In der Stubenkammer ging es mit der Bäuerin zu Ende. Versehen mit den heiligen Sakramenten, der letzten Wegzehrung, wartete sie aufs Sterben.

Weihrauchgeruch zog durchs Haus und drang selbst durch geschlossene Türen in jeden Raum.

Mit hängenden Armen, die breiten, kräftigen Schultern nach vorn geneigt, stand der Heini am Fenster. Er starrte mit tränenblinden Augen vor sich ins Leere. Doch der fast trotzige Zug um den Mund verriet, wie sehr er gegen seinen Schmerz anzugehen versuchte.

Diesmal verspürte er keine Eifersucht auf den Leonhard, den die Mutter noch vor ihm zu sich gerufen hatte. So blieb ihm zumindest noch ein wenig Zeit, sich zu fassen. Ihm war zumute wie einem Kind, das seinen Schmerz am liebsten laut hinausgeweint hätte. Aber mußte er sich nicht mit aller Kraft zusammennehmen, sich wie ein erwachsenes Mannsbild betragen, um den grausamen Abschied für immer nicht noch schwerer zu machen?

Sich hastig mit den Fäusten über die Augen wischend, trat der Heini vom Fenster weg ans Wandschrankl. Ein Schluck Enzian würde ihm helfen, diesen würgenden Brocken, der ihm in der Kehle steckte, hinunterzuspülen, sich besser in die Gewalt zu bekommen.

Der lange, durstige Zug aus der Flasche verriet, wie nötig er ihn hatte, diesen falschen Tröster.

Indessen stand der Leonhard am Bett der Kuglmüllerin, die, von der schweren Krankheit ausgezehrt, nur noch ein Schatten ihrer selbst war. Auch er hatte hart mit sich zu kämpfen, um seiner inneren Erregung Herr zu werden.

Durch die geschlossenen Vorhänge drang nur spärliches Sonnenlicht. Die beiden Sterbekerzen zu Häupten der Kuglmüllerin vermochten den Raum, in dem schwerer, beklemmender Weihrauchgeruch hing, kaum zu erhellen.

Die Hände, die sie auf der Bettdecke gefaltet hielt, waren von einem grobperligen Rosenkranz umschlungen und wirkten in ihrer Kraftlosigkeit wie gefesselt. Doch die Stimme der sterbenden Bäuerin klang überraschend klar, wenn auch sehr schwach, als sie sagte: »Du hast mir allweil Freud gemacht, Leonhard, hab's nie bereut, daß ich dich damals zu mir genommen hab'.«

»Du bist mir stets wie eine gute Mutter gewesen, und dafür ...«

Hastig, als blieb nicht mehr viel Zeit, fiel sie ihm ins Wort: »Dir ist dein Teil g'schrieben und vermacht, damit kannst was anfangen. Es steht dir zu, denn du hast allweil fleißig gearbeitet, dich gesorgt um den Hof, bist mir beigestanden. Aber um eins muß ich dich noch bitten, Leonhard. Versprich mir, daß du so lang auf dem Hof bleibst, wie der Heini dich braucht!« Ihr Ton wurde flehend, als sie fortfuhr: »Geh net, wenn er meint, er wird allein mit allem fertig. Geh erst, wennst selber davon überzeugt bist. Er ist noch viel zu sorglos und übermütig, um mit der ganzen Verantwortung allein fertig zu werden. Der Hof braucht eine starke Hand.

»Ich versprech's, Mahm, ich laß ihn net im Stich«, sagte der Leonhard mit etwas brüchig klingender Stimme. Er wußte, daß es viel war, was er ihr damit versprach. Doch er konnte ihr diese letzte Bitte nicht abschlagen, nicht nach allem, was sie für ihn getan hatte.

»Da ist noch was, Leonhard. Der Heini soll das Trauerjahr net abwarten, soll so bald wie möglich heiraten. Auch wenn die Sanni noch ein bißl jung ist, so ist sie doch ein recht verständiges Madl. Die Amrainerischen werden's verstehen und nix dagegen haben. Sie passen z'samm, der Heini und die Sanni, und werden an ihrer Aufgab' wachsen, hineinwachsen in …« Hier schien der Kuglmüllerin der Atem knapp zu werden, sie mußte erschöpft abbrechen.

Schwach brachte Leonhard hervor: »Du darfst dich net so anstrengen, Mahm! Das alles …«

Sie ließ ihn nicht ausreden, mühsam atmend bat sie: »Schick mir jetzt meinen Buben. Gott sei mit dir, Leonhard.«

Leonhards Kehle war wie zugeschnürt, so daß er nur ein Nicken zustande brachte, ehe er sie verließ. Er würde diese großherzige Frau die ihn wie einen eigenen Sohn aufgenommen hatte, wohl nicht mehr lebend wiedersehen. Alles, was aus ihm geworden war, hatte er ihr zu verdanken. Ihm wurde die Mutter nun zum zweitenmal genommen.

»Wie steht's?« fragte der Heini unsicher und ängstlich; kaum daß sein Ziehbruder die Stube betreten hatte.

Nach einem vagen Achselzucken, einem tiefen Aufseufzen erwiderte der Leonhard: »Du sollst jetzt zu ihr kommen.«

In der angrenzenden Kuchl preßte die Kuni ihr Ohr gegen die Tür, um zu hören, was in der Stube gesprochen wurde, wie es um die Bäuerin stand. Viel ließ sich leider nicht erlauschen.

Na ja, lang konnte es nicht mehr dauern, bis die arme Kuglmüllerin von ihrem schweren Leiden erlöst sein würde.

Kunis Mitgefühl war nicht ganz echt, noch immer stand ihr ehrgeiziger Plan im Vordergrund. Wer weiß, vielleicht stiegen ihre Chancen wieder, wenn der Heini sein eigener Herr war? Und vielleicht war dieser so überraschende Zusammenstand mit der jungen Amrainer-Tochter letztlich nur zustande gekommen, weil er seiner Mutter einen Gefallen erweisen wollte? Sie, Kuni, kannte ihn schließlich, den Heini, mißtraute dieser angeblich so himmelhochjauchzenden Liebe zu dem noch kaum erwachsenen Rührmichnichtan, das von den Mannsbildern gewiß nicht die blasseste Ahnung hatte.

Bei diesem Gedanken glitt ein spöttisches, geringschätziges Lächeln um Kunis volle Lippen, ein schadenfrohes Licht glomm in ihren Augen. Die Hand hätte sie dafür ins Feuer gelegt, daß er bei diesem sittsamen Madl über ein paar verstohlene Bussl nicht hinausgekommen war! Es war hinlänglich bekannt, mit welch scharfen Augen die überaus fromme und gottesfürchtige Amrainerin sowohl ihre Töchter als auch ihr Gesinde bewachte.

Noch während sie ihren hartnäckig genährten Zukunftsvisionen nachhing bei denen eher der Wunsch als die Realität der Vater ihrer Gedanken war, betrat der Leonhard die Küche und fragte nach der Hauserin.

»Die Johanna wird draußen im Garten sein. Soll ich sie holen?«

Ihr wenig angebrachtes kokettes Lächeln übersehend, murmelte er: »Nein, ich geh' selber«, ehe er durch die andere Tür wieder verschwand.

Erstaunlich, wie schnell sich das Gesicht eines Menschen verändern kann! Kunis Miene wurde hämisch, böse, als sie ihm nachzischte: »Dir wird deine Großartigkeit schon vergehen, wenn der Heini das Sagen hat! Ohne die Bäuerin, wo du dich allweil lieb Kind gemacht hast, bist bald der Garniemand!« Sie hatte schnell herausgefunden, wie wenig es der Hofsohn verkraften konnte, wenn ihm ein anderer als Beispiel hingestellt wurde, er nicht Mittelpunkt war.

Freilich, so genau dachte die Kuni über das Verhältnis der beiden, die wie Brüder miteinander aufgewachsen waren, nicht nach. Aber sie freute sich jetzt schon auf die Zeit, in der der Heini dem Leonhard die Flügel zurechtstutzen würde. Denn es ärgerte sie maßlos, wenn sich einer, der im Grunde auch nichts Besseres als ein Dienstbote war, gar soviel herausnahm. Zum anderen konnte sie es nun einmal nicht verwinden, daß ein Mannsbild wie der Leonhard für ihre weiblichen Reize, die ja nun kaum zu übersehen waren, unempfänglich blieb. Sie nahm dies als Mißachtung ihrer ganzen Person.

Kühl berechnend hoffte die Kuni also, daß der Tod der Bäuerin auch in bezug auf den Leonhard einige Veränderungen mit sich bringen würde. Sie mußte sich ihren eigenen Vorzeil ausrechnen, und da blieb keine Zeit für Mitleid und Mitgefühl. Sie konnte sich das nicht leisten.

*

Leichter Nieselregen fiel aus den tiefhängenden Wolken, als man die Kuglmüllerin zu Grabe trug.

Dicht gedrängt standen die Trauernden, füllten den kleinen Friedhof. Aus der ganzen Umgebung war man gekommen, um der angesehenen, geachteten und allseits beliebten Frau das letzte Geleit zu geben.

Inmitten der Amrainerischen, man hatte sich in einer vorderen Reihe postiert, stand die Sanni. Sie sah in der dunklen Kleidung und mit dem schwarzen Kopftüchl, unter dem nur eine Haarsträhne hervorlugte, ungewöhnlich blaß aus, wirkte zerbrechlich schlank.

Immer wieder glitt ihr Blick übers offene Grab hinüber zum Heini, und dabei krampfte sich ihr Herz schmerzhaft zusammen. Wie niedergedrückt und gebrochen er vor Trauer und Schmerz wirkte! Sie nahm das als Beweis, daß er ein guter, weichherziger Mensch sei, liebte ihn nun um so mehr.

Während der Herr Hochwürden die Verstorbene in seiner Grabrede mit anerkennenden Worten pries, drehten sich Sannis Gedanken fast ausschließlich um den Heini. Er hatte ihr Herz im Sturm erobert, und sie vermochte es immer noch nicht so recht zu fassen, daß ausgerechnet sie seine Auserwählte war. Ihre anfängliche Angst, er könne es bald leid sein, daß ihr von daheim so wenig Freiheiten erlaubt wurden, hatte sich als grundlos erwiesen; der Heini zeigte dafür Verständnis. Er war damit einverstanden gewesen, daß die Hochzeit nicht vor ihrem einundzwanzigsten Geburtstag stattfinden sollte, was ihre Eltern sich ausbedungen hatten. Dies sollte den

Worten ihrer Mutter nach nun allerdings nicht mehr so streng genommen werden. Der Heini und der Kuglmüllerhof brauchten eine Bäuerin!

Eine Hochzeit vor Ablauf des Trauerjahres bedeutete, man mußte auf laute, fröhliche Lustbarkeit, auf Musik und Tanz verzichten. Für die Sanni, in ihrer ganzen Art ohnehin ein stilles, romantisch veranlagtes Madl, stellte das keinen großen Verzicht dar. Wenn sie nur bald und für immer bei ihrem geliebten Burschen sein durfte! Sie hatte eine ziemlich unrealistische Vorstellung von der Ehe. Ihre sehnsüchtigen Gedanken erschöpften sich beim ständigen Zusammensein, daß man sich keine Vorschriften mehr zu machen lassen brauchte und daß man sich nie mehr trennen mußte.

Bei all ihren Überlegungen merkte die Amrainer-Sanni nicht, daß die Blicke des Leonhard sie des öfteren recht nachdenklich, sogar mitfühlend streiften.

Auch er sorgte sich um die Zukunft. Er bezweifelte, daß dieses junge, völlig unerfahrene Madl in der Lage sein würde, dem leichtlebigen, längst noch nicht gefestigten Heini einen Halt zu geben, ihm jene Zügel überzustreifen, die er so dringend brauchte.

»Geb's Gott, daß es Sanni und ihrer Liebe gelingt, das nachzuholen, was seine Mutter versäumt hat!« dachte der Leonhard bedrückt.

Selbst jetzt mißfiel ihm, war es ihm sogar peinlich, wie sehr der Heini sich gehenließ, daß er sich nicht besser zusammenriß. Er sollte seinen Schmerz wie ein Mannsbild tragen, nicht vor aller Augen zur Schau stellen wie ein Krämer seine wohlfeile Ware!

Es gab einiges, was der Leonhard – bei aller Trauer um seine geliebte Mahm – jetzt schon an Schwierigkeiten auf sich zukommen sah, denen er sich stellen mußte. Er hatte sein Wort gegeben, den Heini nicht im Stich zu lassen, dafür zu sorgen, daß der Hof am mangelnden Verantwortungsbewußtsein des jungen Bauern keinen Schaden erleiden sollte. Leicht würde es gewiß nicht sein, mit dem, was er auf sich genommen hatte, fertig zu werden, wenn der Heini die Herrschaft daheim übernahm.

Indessen stellte auch die Kuni – sie stand zwischen dem Bertl und der Johanna – ihre eigenen Überlegungen an. Obwohl sie sich immer wieder heftig schneuzte, sich mit dem Sacktüchl über die kaum nässenden Augen fuhr, beobachtete sie die Amrainerischen, insbesondere die Sanni, genau, eiskalt und scharf. Nein, die Kuni konnte an ihr nichts entdecken, was sie sonderlich hätte beunruhigen müssen. Dieses farblose, magere Dirndl, an dem hinten und vorn nichts dran war, brauchte man wohl kaum zu scheuen! Zwar registrierte sie die verliebten Blicke, die die Sanni dem Heini zuwarf, doch was bedeuteten die schon? Er nahm sie nicht einmal wahr, war viel zu sehr in seinen Schmerz vertieft, dem er sich völlig überließ.

Als dann das letzte Amen gesprochen war, gab es für die Kuni einen neuerlichen Grund aufzuatmen. Erleichtert schaute sie hinter den abziehenden Amrainerinnen her, die das »Vertrinken« wie der Leichenschmaus auch genannt wird, offensichtlich nicht im Sinn hatten, wie man es von einer zukünftigen Verwandtschaft hätte erwarten können.

Die Amrainerin machte sich mit ihren beiden Töchtern sofort nach der Beerdigung auf den Heimweg, derweil sich der Amrainer und sein Sohn zum Leichenschmaus zum Postwirt hinüberbegaben. Sie wußte schon, warum sie das tat, auch wenn sie damit sich selber und ihre beiden Madeln um einen uralten Brauch brachte. Dies war ihrer Meinung nach nicht die rechte Zusammenkunft für Liebsleute, und sie wollte niemandem Gelegenheit geben, neugierige Fragen zu stellen.

»Also weißt, Mutter«, maulte die Leni, »mich hättest schon mitgehen lassen können, wo die Kuglmüllerin schließlich meine Godn gewesen ist. »Das hätt' sich schon gehört …«

»Für ein Madl allein schickt sich so was net«, entgegnete die Mutter und schritt unter ihrem mächtigen schwarzen Regenschirm etwas zügiger voraus, so daß ihre beiden Töchter, jeder Pfütze ausweichend, Mühe hatten, mit ihr Schritt zu halten. Jede weitere Diskussion verbot sich von selber.

Das »Vertrinken« fällt nach altem Brauch um so üppiger aus, je reicher und angesehener der Verstorbene im Leben gewesen ist.

Wie nicht anders erwartet, wurde zum Angedenken an die Kuglmüllerin reichlich aufgetischt. Da gab's zu Gesottenem und Gebratenem nicht nur Bier und Wein, soviel man wollte, auch die Schnapskrugl machten die Runde. Am Nachmittag war dann aus dem traurigen Anlaß, zu dem man sich versammelt hatte, ein recht feucht-fröhlicher geworden. Aber das war – außer bei einer ›Arme-Leut-Leich‹ – meistens so, und niemand nahm daran Anstoß.

Am späten Nachmittag kamen der Amrainer und sein Sohn heim. Stocknüchtern der Alte, ein klein wenig angesäuselt der Junge, der sich unter den strengen Augen seines Vaters hatte zurückhalten müssen.

Als der Amrainer gleich in die Schlafkammer hinaufging, um den guten Feierzagsanzug gegen das Arbeitsgewand zu wechseln, kam seine Bäuerin hinterdrein und erkundigte sich: »Na, wie war's? Ist alles ordentlich abgelaufen? Der arme Bub, der Heini, wird ja kaum imstand gewesen sein, auf alles zu schauen, sich richtig um die

Gäst, zu kümmern.« Mit einem bedauernden Aufseufzen fügte sie hinzu: »Hoffentlich fängt er sich bald.«

Daraufhin warf der Amrainer seiner besorgten Ehehälfte einen merkwürdigen Blick zu. Bedächtig zog er Joppe und Weste aus und hängte die Sachen säuberlich auf einen Bügel, ehe er mißbilligend hervorstieß: »Als erstes wird er wohl seinen Rausch ausschlafen müssen.«

Das konnte die Amrainerin nicht so einfach hinnehmen. Sofort Heinis Partei ergreifend, hielt sie ihrem Mann entgegen: »Na ja, wenn er wirklich ein wenig zuviel erwischt hat, nachher muß man ihm das an einem Tag wie dem heutigen schon nachsehen.«

»Es heißt aber, er hätt' schon öfter schwer geladen.«

»Ist das ein Wunder? Vergiß net' was er alles mit seiner armen Mutter in der letzten Zeit mitgemacht und durchgestanden hat! Jeder weiß schließlich, wie sehr er an ihr gehängt ist«, erklärte sie resolut, Heinis Anstand erst gar nicht in Zweifel ziehend.

Der Amrainer zog seine langen, ausgebeulten Unterhosen höher, fuhr in eine geflickte Arbeitshose und murrte: »Man will ja bloß das Beste für das Madl.«

»Weißt du eine bessere Partie als den Kuglmüller-Heini?« schnappte die Bäuerin.

»Geld allein macht net glücklich.«

Daraufhin stieß sie geringschätzig hervor: »Auch eine Weisheit! Lieber arm und krank als gesund und reich ... oder wie dieser damische Spruch heißt ...« Sie geriet etwas ins Stottern.

Ihm war jedoch nicht nach Schmunzeln oder gar Lachen zumute. Nachdenklich meinte er: »Irgendeinen Grund wird die Bürgermeister-Agnes schon gehabt haben, daß sie ...«

Die Amrainerin ließ ihren Mann nicht ausreden, fiel ihm ins Wort: »Der überspannten Agnes ist doch noch nie was gut genug gewesen, die hat doch allweil schon höher hinaus wollen. Außerdem, und das weiß ich von der Widmooserin selber, hat sie für die Bauernarbeit nie richtiges G'schick gehabt. Mit so einer wie ihr wär' der Heini eh aufgeschmissen gewesen. So eine Bäuerin tragt einem Bauern im Schurz mehr zum Hof aussi, als er mit dem Heuwagen hereinfahren kann!« Damit strebte sie der Kammertür zu.

»Ob unsere Sanni der Aufgab, gewachsen ist, weißt auch net«, rief der Amrainer ihr herausfordernd und wie trotzig hinterher, bekam aber darauf keine Antwort mehr. Das war vielleicht gut so. Denn ob er Recht bekommen hätte, mußte er eh bezweifeln.

*

Zur selben Zeit hatte der Leonhard alle Mühe, den Heini, der sternhagelvoll war, zum Heimfahren zu bewegen, ihn auf den Wagen zu bugsieren.

Eindringlich beschwor er den sich heftig zur Wehr setzenden Hofsohn: »Himmiherrgott, so sei doch g'scheit! Es geht doch net, daß du an einem Tag wie dem heutigen bis in die Nacht eini im Wirtshaus hocken bleibst.« Wie gut, daß das Gesinde bereits vor ihnen aufgebrochen war! Es war längst Stallzeit.

»Du hast mir gar nix zu sagen«, versuchte der Heini mit schwerer Zunge aufzumucken, konnte jedoch wegen seines arg rauschigen Zustands nicht länger Widerstand leisten.

Die Dienstboten waren noch bei der abendlichen Stallarbeit, als man heimkam. Auch der Leonhard zog sich sein Werktagsgewand an, machte sich an die Arbeit, derweil der Heini in der großen Stube saß und mit verschwommenem Blick vor sich hin stierte. Ihm war hundselend, richtig jämmerlich zumute, da zum Vergessen der Rausch noch allemal nicht groß genug war.

Da wurde die Tür geöffnet, die von der Kuchl hereinführte, die Kuni schob sich in die Stube und erkundigte sich mit verführerischer Freundlichkeit: »Brauchst was, Heini? Einen Kaffee vielleicht? Der tät' dich wieder z'sammrichten ...«

»Red keinen Schmarrn! Bring mir lieber ein Flaschl Bier!« raunzte er.

Wieseflink huschte sie davon, brachte, was er verlangte. Vertraulich legte sie ihm die Hand auf die Schulter, als sie aufmuntemd meinte: »Es wird schon wieder, Heini.« Sich zu ihm herabbeugend, fügte sie, mit leiser Stimme hinzu: »Du bist ja net allein, Heini. Schau, ich bin ja auch noch da!«

Er hob unvermittelt den Kopf, starrte sie mit glasigen Augen an. Schließlich brachte er heraus: »Jessas, Kuni, du weißt doch, daß ich …«

»Nix, gar nix weiß ich!« erwiderte sie geradezu heftig. »Bloß, daß ich dich noch allweil gern hab, und daß es einmal schön mit uns gewesen ist.« Dabei umschlang sie ihn mit beiden Armen, preßte sich ungestüm an ihn.

Plötzlich wurde ihm schwindlig. Er hatte einige Mühe, sie von sich zu drängen. Schwer atmend stieß er hervor: »Herrje, Kuni, so sei doch g'scheit! Du weißt, so was geht net … Und ich will's auch net.« Dabei sah er Sannis junges, unschuldiges Gesicht vor sich. Sie war das Madl, das er liebte, das er so bald wie möglich heiraten wollte. Es lag ihm fern, sie zu betrügen.

Kunis Augen hatten sich zu schmalen Schlitzen verengt, zwei scharfe Falten erschienen um ihren Mund. Unbeherrscht entfuhr es ihr plötzlich: »Einmal hast es aber schon mögen! Früher bin ich dir schon gut genug gewesen!«

Einigermaßen ernüchtert erwiderte der Heini: »So fang doch damit net wieder an! Es ist lang her, und jeder von uns hat gewusst, daß es net von Dauer sein kann.«

»Bloß wegen deiner Mutter«, hielt die Kuni ihm mit gekränkt herabhängender Unterlippe und schmollend entgegen.

»Das ist net wahr, Kuni.« Er fühlte sich immer unbehaglicher. Doch irgendetwas hinderte ihn daran, grob zu werden.

Hartnäckig entgegnete sie: »Du bist jetzt dein eigener Herr, kannst tun und lassen, was du …«

Nun erklärte er rundheraus und entschieden: »Ich hab' ein Madl, das ich heiraten werd'!«

»Das hat's bei der Bürgermeister-Agnes auch g'heißen, aber …«

»Diesmal ist es was ganz anders. Mit der Sanni ist mir's ernst. Sie und keine andere.« So, endlich war's heraus, und sie konnte sich nun danach richten.

Ein schrilles Lachen ausstoßend, hielt ihm die Kuni zynisch entgegen: »Da bin ich aber gespannt wie ein Regenschirm, wie lang das mit so einem Lamperl und dir gutgeht? Mit einer, wo man net weiß, ist sie g'reift oder g'froren …«

»Das kannst ruhig meine Sorg' sein lassen«, unterbrach der Heini sie, wünschte diesem unerfreulichen Disput ein Ende zu machen. »Darüber brauchst du dir den Kopf net zerbrechen.«

Sie hatte sich erhoben, stand bereits in der Stubentür, als sie noch drohend hervorpreßte: »Man wird's ja erwarten können!« Und mit einem bösen Lachen verließ sie den Raum.

Der Kuglmüller-Heini ging tatsächlich mit den allerbesten Absichten und Vorsätzen in den neuen Lebensabschnitt. Die Amrainer-Sanni war genau das Madl, das zu ihm passte, er liebte sie, und mit ihr würde er glücklich werden. Warum sollte ihm nicht gelingen, was bei anderen selbstverständlich war? War sie erst einmal bei ihm, konnte ihm nichts mehr passieren. Dann hatte er einen Menschen, der ihm allein gehörte; dann würde er auch keinen Alkohol mehr brauchen!

Bei der etwas heiklen Frage, ob es nicht vernünftiger wäre, die Kuni zu entlassen, ihr womöglich woanders einen Dienst zu verschaffen, flüchtete er sich in die Hoffnung: Sie wird schon Ruh' geben! Er sah ein, es war ein Fehler gewesen, ihren Verlockungen nachzugeben, sich mit ihr einzulassen, doch nun ließ es sich nicht mehr ungeschehen machen. Außerdem gehörte es sich nicht, daß sie dafür nun zahlen sollte. Er war schließlich kein Schuft!

Der Heini merkte nicht, daß es seine Wankelmütigkeit und seine Art, Unannehmlichkeiten auszuweichen, waren, die ihm stets die besten, oft sogar recht edelmütigen Ausreden und Entschuldigungen eingaben, während er im selben Augenblick auch gleich noch die allerbesten Vorsätze faßte.

Er hätte wissen müssen, daß eine wie die Kuni, um einiges älter und raffinierter als er und mit wenig Skrupeln belastet, da sie kaum etwas zu verlieren hatte, ihre ehrgeizigen Ziele nicht so schnell aufgeben würde.

*

Der Sommer war unmerklich in den Herbst übergegangen, nachdem Getreide und Grummet überall eingebracht waren. Bald würden die ersten silbrig glänzenden Marienfäden über die mit blaßlila Herbstzeitlosen bestickten Wiesen schweben, sich wie kostbares Gespinst an herbstbunte Hecken und Sträucher schmiegen. Schon begannen sich Schwalben und Stare zu versammeln, um sich auf ihre lange Reise in den Süden vorzubereiten. Und bald würde man das Vieh von den lichtüberglänzten Almen herabholen, heimbringen in die finsteren Ställe.

An einem dieser sonnengoldenen Frühherbsttage radelte die Amrainer-Sanni durchs Dorf zum kleinen, aber schmucken und blitzsauberen Schneider-Häusl, gleich hinter dem altersgrauen Pfarrhof gelegen. Hier hausten und arbeiteten zwei weitum gesuchte Näherinnen, Mutter und Tochter. Dabei muß allerdings der Ordnung halber bemerkt und zugegeben werden, daß es mit der alten Schneider-Veronika, was das Arbeiten betraf, nicht mehr weit her war. Das Augenlicht hatte bös nachgelassen; zu mehr als zum Heften, Säumen und Knöpfannähen reichte es nun nicht mehr. Dafür wieselte die Lisie, eine zaundürre, etwas altjüngferliche Mittvierzigerin, mit nervösen, hektischen Bewegungen um so betriebsamer herum.

So sauber und ordentlich Häusl und Garten auch von außen aussahen, in den kleinen Stuben herrschte wirres Durcheinander. Überall hingen halbfertige Kleidungsstücke herum, bedeckten Stoffballen, Garnröllchen, Knopf- und Nadelbriefchen, Schnittmusterbogen, Tische, Stühle und Fensterbrettl; waren die Böden übersät mit Fädchen, Stecknadeln und Stoffetzchen.

Nachdem die Sanni die niedrige, nicht sehr helle Stube betreten hatte, flatterte die Schneider-Lisie wie ein aufgescheuchtes Hendl hin und her, um wenigstens ein Eckchen Tisch und einen Stuhl abzuräumen, ihrer Kundschaft Platz anbieten zu können. »Man kennt sich vor lauter Arbeit bald gar nimmer aus«, lamentierte sie mit ihrer gackernden Stimme, während sie bald das eine dahin und das andere dorthin legte.

Die Sanni wunderte sich wieder einmal, wie sich diese doch recht chaotisch wirkende Person überhaupt noch auskannte und zurechtfand »Ich bin doch net zu früh zur Anprob'?« erkundigte sie sich etwas unsicher.

Aber die Lisie schien alles fest im Griff zu haben, verneinte die Frage und fügte hastig, ein wenig atemlos hinzu: »Kannst dich schon ausziehn.« Und dann brachte sie auf einmal von irgendwoher das Brautkleid der Sanni zum Vorschein.

Als sich die Sanni gleich darauf zum erstenmal mit dem schwarzseidenen Hochzeitsgewand, das zugleich die Tracht der verheirateten Bäuerin war, im Spiegel erblickte, rann ihr ein leiser Schauer über den Rücken. Deutlicher als in diesem Augenblick war ihr noch nie bewußt geworden, daß die Heirat, wie sehnsüchtig sie auch herbeigewünscht sein mochte, etwas Endgültiges bedeutete; etwas, das man nicht rückgängig machen konnte

»Bis daß der Tod euch scheidet!« fuhr es ihr durch den Sinn.

An den auf einmal so beklemmenden Gefühlen war gewiß nur das schwarze, starre Gewand schuld, das so bocksteif, ja, fast unpassend an einer so zarten Mädchengestalt wirkte.

Etwas verlegen an den dicken Wülsten nestelnd, die sich an allen Nähten entlangzogen, fragte die Sanni: »Das schneidest doch alles weg, Lisie?«

Die Näherin, die zusammengekauert vor ihr auf dem Boden kniete, den Saum absteckte, erwiderte undeutlich, den Mund voller Stecknadeln: »Jess', wo denkst denn hin! Das brauchst noch, wennst auseinandergehst.«

»Was?« entfuhr es der Sanni verständnislos.

Nun nahm die Lisie ihre Stecknadeln aus dem Mund, ehe sie, von ruckartigen Armbewegungen unterstrichen, erklärte: »Ein so teures Röckl ghört fürs ganze Leben, und allweil wirst ja net so spindeldünn bleiben!« Nicht ohne Stolz setzte sie hinzu: »Da muß eine Bäuerin schon arg aus dem Leim gehen, daß in einem von meine Röckln nimmer genug Saum zum außerlassen drin wär'! Das ist schon ganz in Ordnung so. Da fehlt sich nix!«

Dazu wußte die zukünftige Kuglmüllerin nichts zu sagen, obgleich es durchaus nicht in ihrer Absicht lag, einmal den gewaltigen Umfang ihrer Mutter zu erreichen.

Aus zusammengekniffenen Augen ihr halbfertiges Werk mit Kennerblick betrachtend, mußte die Schneiderin zutiefst bedauern: »Wirklich und wahrhaftig ein Jammer, daß es bloß für eine stille Hochzeit ist! So eine schwere Seid'n hab ich selten unter die Finger g'habt! Das fallt und bauscht sich wie ...«

Auflachend fiel die Sanni der Lisie ins Wort: »Geh, du tust ja grad, wie wenn ich das Gwand nur ein einzig's Mal anziehen tät'. Die Leut werden noch oft genug Gelegenheit haben, deine saubere Arbeit zu bewundern.«

Vor sich bereits das fertige Produkt sehend, fragte die Lisie beifallheischend: »Gell, sitzen tut's wie angegossen? Und tragen muß es sich wie ein Federl so leicht.«

Die Sanni nickte, obgleich sie dies durchaus nicht finden konnte. Sie hätte zwar nicht zu sagen vermocht, warum und weshalb, aber irgendwie fühlte sie sich in diesem schwarzen, feierlichen und steifen Gewand nicht wohl. Ja, es war schier wie eine Bürde, etwas, das zu schwer für sie war, das beengte, fast ängstigte.

»Habt's euch jetzt entschieden, wo g'heirat werden soll? Zu Maria Eck oder Birkenstein? Oder am End' doch in unserer schönen Pfarrkirch'?«

Aufatmend und mit leuchtenden Augen kam es von dem jungen Bräutl: »Zu Maria Eck. In der Klosterwirtschaft haben wir das Mahl. Es ist ja eh bloß für die allernächsten Verwandten.«

»Oh, wie nobel!« In die Bewunderung der Näherin mischte sich ein Quentchen Mißgunst. Es wurmte sie insgeheim, daß ihr durch diese stille Hochzeit ein schöner Tag mit reichlichem und vor allem kostenlosem Essen und Trinken auskam. An sich war es der Brauch, daß die Braut-Näherin an der Hochzeitstafel nicht fehlen durfte.

»Kann ich das G'wand jetzt wieder ausziehen? Mir wird von dem langen Herumstehen direkt ein bißl übel. Ich ...« Die Sanni brach erschrokken ab, als sie die eindeutig lauernden Augen der Lisie auf sich gerichtet sah.

»Aha, nachher ist also doch schon was unterwegs!« konstatierte die Schneiderin. »Na ja, die meisten müssen eh deswegen heiraten. Ich hab' mich über eure stade Hochzeit eh schon gwundert.«

Die junge Braut begriff, was die Lisie glaubte. Sie widersprach entschieden: »Nein, net, was du meinst!« Dabei stieg ihr die Schamröte ins Gesicht.

»Wirklich net?« kam es zweifelnd zurück. »Du, das mußt mir fei schon sagen! Es ist wegen dem G'wand, daß es hernach auch noch richtig sitzt und paßt.« Vertraulich fügte die Lisie hinzu: »Kannst dich schon auf mich verlassen. Von mir erfahrt keiner ein Sterbenswörtl.«

»Nein, g'wiß net, ich schwör's bei meiner Seel«, beteuerte die Sanni. Sie sah das enttäuschte Gesicht der Näherin und wusste, daß ihr geglaubt worden war.

Sie war heilfroh und erleichtert, als die Anprobe vorbei war und wollte sich gleich auf den Heimweg machen.

Aber so schnell ließ die Lisie sie nicht fort. »Soll ich dir der Bürgermeister-Agnes ihr Brautkleid zeigen? Es ist schon fertig. Du kannst dir ja gar net vorstellen, wie arg es ihr pressiert, daß sie ja noch vor dem Heini und dir unter die Haub'n kommt.«

Ohne eine Antwort abzuwarten, verschwand die Lisie, um gleich darauf mit einem weißen Brautkleid wiederzukommen.

Sanni wußte, dies wäre der Agnes ganz und gar nicht recht. Doch was sollte sie machen? »Was, sie heiratet in Weiß?« entschlüpfte es ihr.

»Man kennt sie doch, die Agnes. Es muß halt allweil was Besonder's sein.«

»Schön ist es, das Kleid«, murmelte die Sanni ohne rechte Überzeugung. Die Lisie mochte eine hervorragende Dirndl- und Trachten-Schneiderin sein, aber für Derartiges fehlte ihr halt der Schick. »Und so ein schöner Stoff ...«

»Jetzt hörst aber auf« fiel die Näherin ihr mit boshaftem Kichern ins Wort. »Die Agnes hätt' schon gern echte Spitz'n mögen«, verriet sie hinter der wie verschämt vorgehaltenen Hand, »aber ihr Zukünftiger hat gmeint, daß es soviel Aufwand net braucht für einen einzigen Tag.«

»Na ja, da hat er wohl recht.«

»Ein Geizkragen ist er! Und zwar einer von der ganz knickrigen Sort'n! Da macht mir keiner was vor, so was erkenn' ich sofort! Du, ich sag' dir's, mit dem Pfennigfuchser hat sie einen groben Fehler g'macht, die Agnes. Da hätt' sie schon lieber beim ... Jessas' Mar' und Josef, was red' ich denn wieder für einen Schmarrn z'samm!« rief die Lisie sich selber zur Ordnung, schaute die Sanni von der Seite her an.

Dieser war dies alles sichtlich peinlich; versteckte Bosheiten machten sie immer ganz unsicher und verlegen.

Schon plauderte die Lisie erneut ungeniert drauflos: »Stell dir vor, eine Hochzeitsreise hat sie machen wollen. Wie bei den feinen Leuten. Aber den Zahn hat er ihr auch gezogen. Das Geld, hat er gemeint, könnt' man besser für was anderes brauchen, für was Vernünftiger's ...«

»Woher weißt du denn das alles so genau?«

»Von der Agnes halt. Das hat sie mir selber erzählt. Ich fürcht', sie merkt's allmählich, daß sie mir ihrem Herrn Förster net das große Los gezogen hat.«

Ehrliches Bedauern schwang in Sannis Stimme, als sie erwiderte: »Da tut sie mir schon leid, die Agnes.«

»Es kriegt halt jeder, was er verdient«, meinte die ältliche Näherin ungerührt.

»Und manche kriegt gar keinen!« mußte sich die Sanni denken, doch zu sagen hätte sie sich das nie getraut.

Als die Amrainer-Sanni nach diesem Besuch bei der Schneiderin heimkam, erwartete sie eine freudige Überraschung. Sie sah Heinis Motorrad vor der Haustür stehen.

So ganz paßte der Leni – sie hatte ihrem zukünftigen Schwager Gesellschaft geleistet – die überschwengliche Begrüßung der Brautleute nicht. Sie konnte sich mit der beinahe überstürzten Entwicklung der Dinge noch immer nicht so recht abfinden.

»Wo ist denn die Mutter?« fragte die Sanni, als sie sich Heinis Armen entwand.

»Sie besucht die alte Schmiedin, und der Vater ist im Gemeinderat«, kam es von der Leni. »Wie wird denn nachher dein Röckl?« erkundigte sie sich mit einer leisen Spur von Eifersucht.

»Na ja, so wie alle andern halt auch. Es schaut ja eh eins wie ‘s andere aus. – Du, denk dir, die Lisie hat mich doch glatt gefragt, ob ich ›so dran‹ bin, bloß weil mir von der langen Herumprobiererei, dem Stehen schlecht geworden ist«, berichtete die Sanni empört.

Lachend erklärte darauf ihre ältere Schwester: »Hätt’ das die Mutter g’hört, wär die Lisie glattweg in der Luft zerrissen worden.« Sie hatte sich erhoben, stand an der Tür und fügte mit einem Augenzwinkern hinzu: »Ich laß euch jetzt allein, will aber fei net dran schuld sein, wenn die Schneider-Lisie doch noch recht kriegen sollt! »Den zurechtweisenden Blick der Sanni übersehend, verließ sie die Stube.

Darauf schien der Heini nur gewartet zu haben. Schon zog er die Sanni erneut in die Arme und meinte mit einem zärtlichen Schmunzeln: »Ich hätt’ durchaus nix dagegen! Aber was net ist, das kann ja noch werden!« Und plötzlich begann er sie mit jäh auflodernder Leidenschaft zu küssen, preßte sie dabei so ungestüm an sich, daß sie, mehr vor Überraschung als vor Schmerz, leise aufschrie.

Er ließ sie sofort los, seine Arme fielen wie kraftlos herab, als er rauh hervorstieß: »Manchmal bezweifel' ich, daß du mich überhaupt richtig gern hast. Sobald man dich anrührt, stellst dich an, als würd's dir vor mir grausen.«

Sie hörte aus seinen Worten, wie verletzt er war, versuchte zu begütigen: »Nein, Heini, bestimmt net! Aber weißt ... versteh doch ...« Sie versuchte ihn zu umarmen, doch nun wich er gekränkt und beleidigt zurück. »Es ist doch bloß ... Die Mutter kann doch jeden Moment kommen, und dann ...«

Obwohl sie bereits den Tränen nahe war, ließ er sich nicht umstimmen, ging zur Tür. Unversöhnlich stieß er hervor: »Deine Ausreden kenn ich schon zur Genüge! Ich kann auch woanders hingehen, wenn ich dir so z'wider bin.« Damit verließ er grußlos die Stube.

Die Sanni war versucht, ihm nachzulaufen, ihn zurückzuhalten, fürchtete jedoch die spöttischen Augen ihrer Schwester.

Es war durchaus nicht das erstemal, daß der Heini den Beleidigten spielte. Er war wegen jeder Kleinigkeit eingeschnappt, rasch gekränkt, sobald nicht alles nach seinem Willen, seinem Kopf ging. Weshalb er auf diese Art – fast wie ein trotziges, unerzogenes Kind – reagierte, wußte sie nicht. Oft benahm er sich wahrhaftig wie ein unreifer Bub. Und dabei war er doch längst ein erwachsenes, gestandenes Mannsbild!

Aber auch darüber dachte die Sanni nicht länger nach. Sie liebte ihn; und wenn sie erst verheiratet waren, würde alles ganz anders, viel schöner sein.

So lenkte der Kuglmüller-Heini, Sannis vermeintliche Abfuhr als willkommenen Vorwand benutzend, sein Motorrad zum Postwirt. Ein Mannsbild brauchte schließlich einen anständigen Schluck, um eine solche Kränkung hinunterzuspülen! Er ließ sich von der Sanni, auch wenn er sie noch so gern hatte, nicht wie ein dummer Schulbub behandeln, dem man sagen mußte, was er zu tun und zu lassen hatte! Sie sollte sich nur ja nicht einbilden, daß er sich von ihr am Schürzenbandl führen ließ! Zum Pantoffelhelden war er ganz und gar nicht geeignet!

In der Gaststube des Postwirts herrschte fröhliche Stimmung. Nach etlichen Gläsern hatte der Heini seinen Groll auf die Sanni vergessen, hatte ihr verziehen. Aber zu ihr zurückgehen, nein, das kam natürlich nicht in Frage. Denn, wie gesagt, Hanswurstl ließ er nicht mit sich spielen!

Als der Kuglmüller-Heini endlich gegen Mitternacht heimwärts ratterte, brauchte er so ziemlich die ganze Breite der Straße für sich, denn er fuhr in Schlangenlinien. Die Sterne über ihm schienen zu tanzen und einen flirrenden Reigen aufzuführen.

»Herrschaftszeiten, das war vielleicht ein Ritt!« murmelte er, während er sich vom Motorrad zu schwingen versuchte, was nicht auf Anhieb gelang.

»Da hätt' mir nix in die Quer' kommen dürfen!« Dazu schmunzelte er mit dem einfältigen Stolz des Volltrunkenen und fühlte sich unschlagbar und großartig.

Es brauchte einige Zeit, bis er den Kampf mit dem Hausschlüssel gewonnen hatte und mit unsicheren Schritten die Treppe hinaufstieg.

Er tappte gerade den nur spärlich erhellten Flur entlang, da öffnete sich eine Tür, und eine weiße Gestalt kam ihm entgegen.

So, als wäre sie völlig überrascht über sein Auftauchen, blieb die Kuni stehen, hielt sich verschämt das Nachtgewand über dem schwellenden Busen zusammen. »Herje, du bist so spät noch unterwegs«, murmelte sie.

Der Heini schaute sie mit glasigen Augen starr an; er sah sie doppelt. Plötzlich kam er etwas ins Schwanken, wollte Halt suchend nach dem Gewehrschrank greifen, der hier seit alters her seinen Platz hatte. Doch schon hatte die Kuni blitzschnell zugegriffen, schob ihre Schulter unter seinen rechten Arm, um ihn hilfreich zu stützen. Daß sie sich dabei fest an ihn pressen mußte, war wohl selbstverständlich.

Obwohl der Heini heftig mit den Armen ruderte – genau wußte er anscheinend gar nicht, was mit ihm geschah – schob und bugsierte sie ihn geschickt in ihre Kammer, in der das Nachttischlämpchen einen spärlichen Lichtschein verbreitete.

»Sakra, aber auch …« protestierte er schwach. Da hing die Kuni bereits an seinem Hals, begann ihn verlangend zu küssen.

Verschwommen tauchte Sannis Bild vor ihm auf. Dann mußte er wieder daran denken, daß sie ihn abgewiesen hatte. Und hier gab es ein Madl, das sich nicht sträubte, ihm bereitwillig entgegenkam! Es war letztlich Sannis Schuld, wenn er schwach wurde. Er war halt auch nur ein Mannsbild aus Fleisch und Blut, außerdem nicht mehr ganz nüchtern, weil sie ihn ins Wirtshaus getrieben hatte!

Kunis wohlgerundeter Körper, ihre warmen, fordernden Lippen ließen ihn weitere Ausreden vergessen; das heiße Begehren, das in ihm aufzuckte, wischte alles andere aus.

*

Der Heini wußte zwar nicht mehr, wie er in seine Kammer gekommen, aber er wußte, daß etwas geschehen war, was nicht hätte passieren dürfen.

Und schon dämmerte es ihm. Die Kuni halt wieder! Dieser Malefizrausch! Im nüchternen Zustand wäre ihm das nie und nimmer passiert! Von jetzt an mußte endgültig Schluß damit sein! Das schwor er sich hoch und heilig und danach war ihm etwas besser, ließen die Gewissensbisse nach.

Die Kuni hätte eigentlich wissen müssen, daß eine mehr oder weniger erzwungene Liebesnacht nicht ausreichte, um einen längst verlorenen Liebhaber zurückzugewinnen, ihn gar zum Ehemann zu machen. Ob es ihr paßte oder nicht, sie hatte sich damit abzufinden, daß der Hochzeitstermin des Kuglmüller-Heini immer näher heranrückte.

Mit mürrischem Gesicht und nagender Eifersucht im Herzen mußte sie nun auch noch helfen, als gestöbert wurde, das Unterste zuoberst gekehrt, damit alles in sauberem Glanz erstrahlte, wenn die junge Bäuerin Einzug hielt. Am meisten jedoch ärgerte die Kuni, daß der Heini so tat, als wäre sie Luft für ihn, als wäre nie etwas geschehen.

Mehr als einmal geriet sie in Versuchung ihn vor den übrigen Dienstboten zu blamieren, aufzudecken, was zwischen ihnen vorgefallen war. Aber letztlich hielt sie die Angst, ihre gute Stellung zu verlieren, davor zurück. Sie hätte sich nur selbst geschadet.

Und dann war's bloß noch eine einzige Woche bis zur Hochzeit.

Im Kuglmüllerhof ging alles drunter und drüber. Sannis persönliche Sachen, die Kisten und

Schachteln mit ihrer Aussteuer, standen herum, stapelten sich im Hausflur.

Über allem wachte die Johanna und bewahrte die Ruhe. So wirkte sie jedenfalls nach außen hin. Innerlich jedoch wurde sie die Sorge nicht los, daß sie nun, da eine junge Bäuerin auf den Hof kam, vielleicht nicht länger gebraucht wurde. Und sie wäre doch so gern geblieben! Denn hier hatte sie wieder eine Aufgabe gefunden, war sie nicht mehr allein, gehörte zu einer Gemeinschaft.

»Obacht, da kommt ein Korb voll G'schirr!«

Die Johanna schaute auf als der Leonhard den Wäschekorb auf den Kuchltisch stellte. »Es wär' mir lieber' wenn unsere angehende Bäuerin selber beim Einräumen dabeisein könnt'. Wie soll sie sich denn nachher zurechtfinden?«

»Das ist das geringere Übel; sie hat ja dich. Aber hoffentlich wird sie bald wieder gesund.«

»Das ist bloß das Heiratsfieber, kommt von der Aufregung«, erklärte die Hauserin gelassen. »Das gibt's häufig, daß ein Madl kurz vor der Hochzeit krank wird, das sind die Nerven. Ich hab' noch nie g'hört, daß eine am Hochzeitstag net wieder auf den Füßen g'standen hätt'!«

Plötzlich rumpelte es draußen, und ein schriller Schmerzensschrei ertönte. Gleich darauf kam die Kuni mit fuchsteufelswildem Gesicht zur Tür herein, rieb sich das linke Bein. »Wo soll denn das ganze Sach' von der Amrainerischen noch hin? Andauernd stolpert man drüberl«

»He, Madl, ein bißl langsam!« wies die Hauserin sie zurecht. »Du redest von unserer zukünftigen Bäuerin. Da möcht' ich schon um einen anderen Ton bitten. Mußt halt deine Augen aufmachen, net wie eine blinde Bremsen herumrennen, nachher stolperst auch nirgends drüber. Du kannst schon anfangen, die kleineren Schachteln in die leere Kammer auffizutragen! Die Bäuerin wird sich ihre Sachen dann schon selber einräumen.«

Man sah es dem Leonhard an, daß ihm einiges auf der Zunge brannte. Ehe er jedoch etwas sagen konnte, war die Kuni wieder draußen, knallte die Tür recht unsanft hinter sich zu.

»Wenn sie weiterhin so g'schnappig ist, wird's mit ihr nimmer lang gutgehen«, meinte die Hauserin. »Ich glaub' kaum, daß sich die junge Kuglmüllerin solche Frechheiten wird lang gefallen lassen.«

»Ich hab' gar net g'wußt' daß die Kuni zu dir auch so frech ist. Warum laßt du dir denn das bieten?«

Daraufhin gestand die Schwendl-Johanna, und es klang ziemlich resignierend: »Du weißt selber, wieviel in der letzten Zeit bei uns drunter und drüber 'gangen ist. Da sollt' halt wenigstens unter die Dienstboten eine Ruh' sein. Drum schluckt man so manches. Und ich, in meiner Situation …«

»Was soll das heißen?«

»Na ja, weiß ich, ob mich die junge Kuglmüllerin noch braucht?«

»Vorerst einmal schon! Zumindest, bis sie sich eingearbeitet und eingewöhnt hat. Und nachher sehen wir weiter, Johanna. Für so ein tüchtig's Leut' ist allweil Platz!« Unvermittelt aufbrausend, fuhr der Leonhard fort: »Mir stinkt die Art und Weis' von der Kuni schon lang. Es wär' besser, die Sach' ist geklärt und ausgestanden, eh die junge Bäuerin kommt. Ich werd' mit dem Heini reden.«

»Jessas, wo er doch jetzt den Kopf eh so voll hat«, versuchte Johanna zu bremsen.

»Er ist der Bauer, und er muß dafür sorgen, daß Ruh' unter seinen Leut' ist. Ich kann ihr ja schlecht den Dienst aufkündigen.«

Als der Leonhard in den Hausflur hinaustrat, konnte er sich gerade noch mit einem raschen Sprung vor einer Kiste retten, die von der Kuni mit einem wuchtigen Fußtritt über den glatten Dielenboden befördert worden war.

»Himmiherrgott, bist denn du von alle guten Geister verlassen? Hörst net' daß in der Kist'n Glas drin ist? Muß denn alles hin sein?» fuhr er sie völlig aufgebracht an. »So geht man net um mit Sach', das …«

»Hätt' sie es halt besser einpacken müssen«, kam es mit herausfordernder Frechheit von der

Kuni, während bereits eine weitere Schachtel an ihm vorüberschlitterte.

»Jetzt langt's mir aber!« knirschte der Leonhard wutentbrannt und stürmte aus dem Haus.

Die Lippen geringschätzig verzogen, starrte die Kuni ihm nach.

Der Heini inspizierte soeben die Kutsche, die wie nagelneu dastand und das polierte Zaumzeug mit den nur so blitzenden und glänzenden Metallbeschlägen. »Gell' sauber ist sie geworden? Damit kann man sich schon noch sehen lassen.«

Ohne darauf einzugehen, er nickte nur beiläufig, begann der Leonhard: »Ich muß unbedingt mit dir reden, Heini! Es ist wegen der Kuni.« Er war zu aufgebracht, zu erregt, um das erschreckte Zusammenzucken des jungen Bauern wahrzunehmen.

Erst nach einem Räuspern brachte der Heini ein unsicheres: »Was ist denn mit ihr?« hervor, dabei vergrub er die Hände, die plötzlich zitterten, in den Hosentaschen.

»Es geht mit ihr nimmer länger so weiter. Sie wird allweil frecher und aufsässiger, sogar zur Johanna«, kam es erbittert von Leonhard. »Sie führt sich auf, als ob sie das Sagen hätt'. Und mit den Sachen von der Sanni schmeißt sie umeinander, daß man befürchten muß, es bleibt kein Stückl ganz.«

»Warum schaut denn die Johanna net besser drauf?« fragte der Heini ausweichend.

»Weil sie nix als freche Antworten von der Dirn zu hören kriegt und sie in all dieser Aufregung keinen weiteren Ärger haben möcht'! Aber so kann's net weitergehen. Man sollte auch der Sanni diese ungute Person ersparen.«

Der Heini fühlte sich irgendwie in die Enge getrieben. Schließlich murmelte er: »Nachher sag ihr halt den Dienst auf.« Dabei starrte er mit abgewandtem Blick angelegentlich auf die glänzenden Ledersitze der Kutsche.

»Ich? Nein, nein, das ist jetzt deine Sach'!«

»Du schaffst ja sonst auch an, ohne daß ich gefragt werd'«, kam es verbissen zurück.

Daraufhin rumpelte es dem Leonhard unbeherrscht heraus: »Ich kann's gern bleiben lassen, wennst dich selber um alles kümmerst. Ich bin aufs Anschaffen net scharf. Aber einer muß es halt tun.« Schon bereute er seine Schroffheit, fügte versöhnlich hinzu: »Herrgott, Heini, du bist doch jetzt der Bauer! Ich geh' lieber heut als morgen.«

»Warum tust es dann net?«

»Du weißt genau, was ich deiner Mutter am Sterbebett versprochen hab'. Ich verschwind, sobald ich seh', daß alles seinen geregelten Gang geht!« Es ärgerte den Leonhard insgeheim, daß er sich nun auch noch rechtfertigen und verteidigen mußte.

Heinis Lippen waren zu einem dünnen Strich zusammengepresst, als er sich wortlos umdrehte, seinen Ziehbruder einfach stehenließ und der Haustür zustrebte.

Leonhard schluckte seinen Zorn hinunter und tröstete sich mit der Hoffnung: Vielleicht hat's was genutzt! Vielleicht wird alles anders, wenn er verheiratet ist und er besinnt sich auf seine Aufgabe!

Leonhards Ermahnung hatte lediglich bewirkt, daß nun der Heini vor Zorn kochte. Er war wütend auf seinen Ziehbruder, der ihm seine Unfähigkeit wieder einmal vor Augen geführt hatte, und er war wütend auf die Kuni, die sich immer mehr herausnahm. Doch am wütendsten war er auf sich selbst, weil er es in seiner Wankelmütigkeit versäumt hatte, einen endgültigen Schlußstrich unter alles zu ziehen. Längst schon hätte er ihr den Dienst aufkündigen sollen. Doch nun war Schluß, das Katz-und-Mausspiel endgültig vorbei! Von nun an würde er andere Saiten aufziehen!

Heinis immer noch etwas jungenhaft wirkendes Gesicht war blaß vor Wut, als er die Kuni endlich in einer Kammer fand.

Etwas verdattert fuhr sie auf, fühlte sich dabei ertappt, wie sie neugierig in einer von Sannis Kisten gewühlt und den Inhalt in Augenschein genommen hatte. »Ach, du bist es bloß ...«

»Ja, ich bin's bloß!« Sie hatte seinen empfindlichsten Nerv getroffen. »Also, daß ich es gleich rundheraus sag': Du mußt dir einen anderen

Dienst suchen!« fiel er nun sofort mit der Tür ins Haus. »Es geht nimmer so weiter, wie du dich aufspielst.«

Die Kuni reagierte blitzartig. Eiskalt und überlegen erwiderte sie: »Das hast dir so denkt! So billig laß ich mich net abschieben.« Sie lächelte eigenartig.

Schon war's mit Heinis Selbstsicherheit vorbei, stotterte er verunsichert: »Was ... was heißt: abschieben? Den Dienst kündig' ich dir auf, weil du net Ruh halten kannst. Der Leonhard sagt's auch, und die Johanna ...« Von ihrem bohrenden Blick verwirrt, brach er unvermittelt ab.

Mit messerscharfer Stimme drohte die Kuni: »Dann werden sie die ersten sein, die es erfahren, ehe ich zu den Amrainerischen gehe und ihnen sag', daß du mich in die Schand 'bracht hast! Daß du der Vater von meinem Kind bist!« Das Lächeln, das nun wie gefroren wirkte, lag noch immer um ihre Lippen, während sie sich an seinem plötzlichen Entsetzen weidete.

Dem Heini versagte erst einmal die Stimme, seine Hand fuhr an den ohnehin weit offenstehenden Hemdkragen, und sein Blick irrte wie gehetzt hin und her.

»Ein ... Kind? Net von mir!« brachte er endlich heiser hervor.

»Der Heilige Geist war's net, der mich damals überfallen hat' als du stockbesoffen heimkommen bist. Du kannst es ja drauf ankommen lassen, wer Recht kriegt beim Gericht«, hielt sie ihm ungerührt entgegen.

Wie erschöpft ließ sich der Heini auf einen Stuhl sinken, schlug die Hände vors Gesicht und begann nun zu jammern: »Herrgott, Kuni, ich bitt' dich um alles in der Welt, so was kannst mir doch net antun! Wie steh ich denn da?«

»Und wie steh' ich da, ha? Mich jagt jede Bäuerin wieder auf und davon, wenn sie spannt, daß ich net allein komm'. – Naa, naa, so einfach geht das net! Ich will net diejenige sein, die allein für alles gradstehen und den Kopf hinhalten muß!«

Ihm brach der Schweiß aus allen Poren. Er fühlte sich in die Enge getrieben, sah keinen Ausweg. Ächzend brachte er hervor: »Wieviel verlangst?«

»Erpressen will ich dich net! Ich bin net so erbärmlich«, entgegnete die Kuni angewidert. »Ich möcht' bloß eine Bleib für mich und das Kind! Du kannst mich jetzt net auf die Straß' setzen, jetzt, wo mein Leben ruiniert ist, meine Zukunft verbaut.«

»Wie stellst dir denn das vor, Kuni? Nie wär' die Sanni …« Wieder versagte seine Stimme.

Endlich erlöste die Kuni ihn von seiner Qual, schlug in großmütigem Ton vor: »Sie braucht es ja net zu erfahren, wer der Vater von meinem Kind ist. Wenn du weißt, was sich ghört und anständig zu mir bist, nachher bin ich's auch. Nachher verrat' ich kein Sterbenswörtl.« Und es war ihr Ernst damit.

Auch sie hatte Angst, obwohl sie dies mit Kaltschnäuzigkeit überspielte. Die Lage, in der sie sich befand, war schlimm, sie hatte sie sich nicht gewünscht.

Anstatt ein für allemal eine klare Entscheidung zu treffen, ließ der Heini sich auf den unsauberen Handel ein. Er klammerte sich daran wie der Ertrinkende an den Strohhalm, war er doch zumindest vorerst gerettet. Die drohendste Gefahr war gebannt, seine Heirat nicht gefährdet. Wie sich später alles entwickeln würde – diesen Gedanken versuchte er von sich zu schieben.

»Man wird dich fragen, wissen wollen, von wem das Kind ist«, murmelte er.

Ihn geringschätzig betrachtend, entgegnete die Kuni: »Darüber brauchst du dir deinen Kopf net zerbrechen. Es kann mich keiner dazu zwingen, die Wahrheit zu sagen.«

Er nickte ein paarmal vor sich hin, erhob sich schwerfällig. Dann verließ er die Kammer, ließ die Kuni mit der Aussteuer seiner zukünftigen Frau und Bäuerin allein.

Er brauchte unbedingt etwas zu trinken, etwas Scharfes, das den schlechten Geschmack, den er auf der Zunge spürte, fortspülte und das Zittern seiner Hände beruhigte.

In seiner Schlafkammer holte er die Enzianflasche aus dem Nachtkästchen und ließ sich auf dem Bett nieder. Schon nach wenigen Schlucken ließen Furcht und Unsicherheit etwas nach, tat der Alkohol, dieser falsche Tröster, seine Wirkung.

Nachdem er den letzten Tropfen aus der Flasche gesogen hatte, die noch halb voll gewesen war, kam ihm plötzlich die Erleuchtung. Ein erleichtertes, zugleich durchtriebenes Grinsen erschien auf seinem Gesicht.

Die Kuni mochte zwar eine Trumpfkarte in der Hand haben, doch sie konnte es sich gar nicht leisten, sie auszuspielen! Denn – wie sie selber zugegeben hatte – keine Bäuerin würde sie mit einem Kind bei sich in Dienst nehmen! Sie mußte also Stillschweigen bewahren, wenn sie hier auch weiterhin ihr gutes Auskommen haben wollte.

Es würde sich schon alles richten. Es hatte keinen Sinn, sich jetzt schon verrückt zu machen.

*

Es war ein Hochzeitstag wie gemalt, als sich die Amrainer-Sanni und der Kuglmüller-Heini in der Wallfahrtskirche ihr Jawort gaben.

Ein fast enzianblauer Föhnhimmel spannte sich über die umliegenden Berge. Die Luft war glasklar, so daß der Chiemsee schier zum Greifen nahe schien, wie ein silbrig glitzerndes Juwel funkelnd im Glast der milden Herbstsonne. Und ringsumher prangten die Bergwälder in den leuchtendsten, sattesten Farben, so als wollten sie verglühen.

Dieses prachtvolle Schauspiel der Natur, mußte es nicht vielverheißend, glückversprechend wirken für den weiteren gemeinsamen Lebensweg des jungen Paares?

Es versteht sich von selber, daß es auch daheim im Kuglmüllerhof ein Feiertag war.

Am frühen Morgen, ehe der Leonhard ihn mit der girlandengeschmückten Kutsche davongefahren hatte, hatte der Hochzeiter seinen Leuten aufgetragen: Laßt es euch nur gutgehen, und stoßt fleißig auf das Wohl von mir und meiner Bäuerin an!

So was ließ man sich nicht zweimal sagen.

Wie eine Herrschaftsköchin hatte die Johanna gekocht, gebacken und gebraten. Und nun, da der Abend sich hernieder senkte, ging es bei den Daheimgebliebenen recht lustig zu. Nur bei der Kuni wollte sich keine rechte Fröhlichkeit einstellen, sie wirkte unbeteiligt, zurückhaltend.

Es ging auf zehn Uhr zu, der Berzl machte schon glasige Augen, hatte zu tief ins Glasl geschaut, als sich Hufgetrappel näherte.

»Sie kommen!« rief die Johanna. »Der Bauer und die Bäuerin sind da!«

Schon stürmte man aus dem Haus, um das jungvermählte Paar zu begrüßen, es hochleben zu lassen.

Der Hochzeiter – er war auch schon nicht mehr ganz sicher auf den Beinen – und seine junge Frau nahmen die Glückwünsche entgegen, derweil der Leonhard das Gespann ausschirrte.

Auf Johannas Frage, ob es ein schöner Tag gewesen sei, erwiderte die Sanni, die in ihrer festlichen Bäuerinnentracht ein wenig fremd wirkte: »Ja, ein wunderschöner Tag! Der schönste in meinem Leben!« Dabei glitt ihr Blick voller Zärtlichkeit und Liebe zu ihrem Mann.

Die Kuni biß sich auf die Lippe, wandte sich ab. Um ihren Mund lag ein wie gefroren wirkendes Lächeln. Doch sie konnte sich nicht ausschließen, als der junge Kuglmüller sein Gesinde zum gemeinsamen Weiterfeiern einlud.

Als man dann in der Bauernstube um den großen Tisch saß, legte der Hochzeiter den Arm immer wieder besitzergreifend und liebevoll um seine Hochzeiterin. Es war nicht zu übersehen, er mußte sie sehr gern haben. Leider hielt ihn das nicht davon ab, nun, da er die wachsamen Augen seiner Schwiegereltern nicht mehr zu fürchten hatte, den Getränken, und ganz besonders dem Schnaps, eifrig zuzusprechen. Er trank, als müßte er nun alles nachholen, was er tagsüber versäumt hatte.

Es fiel zwar keinem auf, aber nun taute die Kuni aus ihrer Erstarrung auf. Sie lachte sich heimlich ins Fäustchen. Um diese Hochzeitsnacht brauchte sie die junge Bäuerin wahrhaftig nicht zu beneiden!

Es war schließlich der Leonhard, der sich vom Tisch erhob und mit freundlicher Bestimmtheit sagte: »So, Leut', ich glaub', für heut' ist genug gefeiert worden. Der Bauer und die Bäuerin haben einen langen Tag hinter sich.«

Auch wenn man nicht mehr ganz nüchtern war, wurde dieser Wink sofort verstanden und respektiert. Die Weibsleute begannen den Tisch abzuräumen, an dem bald nur noch der Bauer saß, eine Flasche Enzian vor sich.

Der Sanni war schon seit einer Weile, seit ihr Mann immer betrunkener wurde, recht eigentümlich zumute. Sie wußte nicht recht, wie sie sich in dieser ihr völlig fremden Situation verhalten sollte.

Als sie mit ihm allein in der Stube zurückblieb die Kuni und Johanna hantierten noch in der Küche draußen herum –, bat sie vorsichtig: »Heini, ich bitt' dich, laß es halt jetzt genug sein ...« Erschreckt und zugleich verwirrt brach sie ab. Ruckartig hatte er den Kopf gehoben, starrte sie wütend an – mit einem Gesicht, das ihr fremd war. Ihr kam es vor, als hätte sie auf einmal einen völlig anderen Menschen vor sich, einen, den sie nicht kannte.

Sie konnte nicht wissen, daß der Heini nun genau jenes Quantum überschritten hatte, das ihn aggressiv werden ließ. Es klang wie ein wütendes Bellen, als er undeutlich – auch die Zunge wollte ihm nicht mehr gehorchen – hervorstieß: »Was unterstehst dich? Willst mir jetzt schon Vorschriften machen?«

Mit einer weit ausholenden, aber recht unsicheren Armbewegung fuhr er fort: »Ich muß mir von niemand … von gar niemand… was sagen lassen! Hast mich? Von dir net und vom Leonhard net, und überhaupt von keinem was vorschreiben … sagen lassen. Verstehst?«

Die Sanni war wie vor den Kopf geschlagen. Sie konnte kaum fassen, was sie sah und hörte. Die Stimme wollte ihr nicht so recht gehorchen, mühsam flüsterte sie: »Heini, um Gottes willen, was hast denn auf einmal?« Tränen schimmerten in ihren Augen.

Heftig abwinkend, lallte er: »Muß … muß mir nix vorschreiben lassen! »Erneut griff er fahrig nach der Flasche, zog sein Glas näher und goß ein, wobei er ein Gutteil verschüttete.

Tief gekränkt und immer noch benommen wollte die Sanni sich abwenden, verspürte nur den einen Wunsch: davonzulaufen, heim zu ihren Eltern! Was ihr hier an ihrem Hochzeitstag widerfuhr, erschien ihr ungeheuerlich, so unglaublich wie ein böser Traum. Doch sie nahm sich zusammen, zwang sich nochmals zu einem flehenden: »So komm doch, Heini! Es ist längst Schlafenszeit.«

Sein verschwommener Blick vermochte sie nicht mehr festzuhalten, als er undeutlich befahl: »Geh derweil ins Bett! Ich komm' nachher schon nach. Brauchst keine Angst zu haben, ich vergess' meine Pflichten als Ehemann net.«

Es war das trunkene' rauhe und, wie ihr schien, rohe Auflachen, das sie nun fluchtartig aus der Stube trieb. Mit tränenblinden Augen lief sie hinauf in die große Stubenkammer, die sie nun für ihr ganzes Leben, so wie viele Kuglmüllerinnen vor ihr, mit ihrem Ehemann teilen mußte. Hier wurde gezeugt, geboren und gestorben.

Die Tränen strömten über Sannis Gesicht, fielen auf die schwere Seide ihres Hochzeitsgewandes. Mit zitternden Fingern nestelte sie den Myrtenkranz aus ihrem Haar. Sie glaubte, an ihrer bitteren Enttäuschung ersticken zu müssen, daß dieser Tag, der ihr als der schönste ihres Lebens hätte in Erinnerung bleiben sollen, auf so grausame, ernüchternde Weise ausklang. War das nun ihre Ehe, die sie sich so romantisch, voller Liebe und Zärtlichkeit, vorgestellt hatte? War das noch der liebenswürdige und liebenswerte Heini, oder war das ein anderer geworden?

Sie hatte sich niedergelegt, die Bettdecke fest bis unters Kinn hinaufgezogen, als Schritte die

Stiege heraufkamen. Die Sanni erschauerte. Doch es waren nur die Johanna und die Kuni, die nun zu Bett gingen. Beschämt mußte sie sich fragen, was die beiden wohl davon halten mochten, daß der Bauer immer noch in der Stube hockte.

Es dauerte noch eine ganze Weile, ehe der Heini die Treppe heraufpolterte und in die Kammer getorkelt kam. Er suchte tastend nach dem Lichtschalter; als er ihn nicht fand, zog er sich im Finstern aus, die Kleider auf den Boden verstreuend. Schwer ließ er sich ins Bett fallen, drehte sich mit einem Grunzen auf die Seite und tat keinen Muckser mehr.

Wie erstarrt lag die blutjunge Frau in ihrem Bett, wagte nicht, sich zu rühren. Sie wartete mit ängstlich klopfendem Herzen, daß irgend etwas geschehen würde, konnte nicht ahnen, daß ihr Mann sie in seinem Vollrausch völlig vergessen hatte, daß er von einer Minute auf die andere in einen an Bewußtlosigkeit grenzenden Schlaf gesunken war.

Für die in Liebes- und Lebensdingen ganz und gar unerfahrene Sanni brach in dieser Nacht eine Welt zusammen, wurde etwas in ihrem unschuldigen, vertrauensseligen Herzen für immer zerstört. Die Wirklichkeit, die so ganz anders aussah, als sie geglaubt hatte, forderte den ersten Tribut von ihr. Darauf hatte sie keiner vorbereitet, und damit mußte sie ganz allein fertig werden.

Erneut rannen Tränen über Sannis Wangen, als sie sich fragte, wer dieses Mannsbild neben ihr eigentlich war. Hatte sie den Kuglmüller-Heini wirklich gekannt? Viel Gelegenheit zum Kennenlernen war ihr nicht eingeräumt worden, ihre Mutter hatte sie mit ihrem Zukünftigen kaum allein gelassen. Zudem war nach dem Tod der Kuglmüllerin alles so blitzschnell gegangen. Über ein Jahr – so hatte man es ursprünglich ausgemacht –, bis zu ihrem einundzwanzigsten Geburtstag, hätte man mit der Hochzeit noch warten sollen. Doch nun lag sie hier im Ehebett des Kuglmüllerhofes und mußte sich in der ersten Nacht schon die bittere Frage stellen, ob sie nicht einen Fehler – und wenn ja, nicht den größten ihres Lebens – begangen hatte.

Irgendwann weinte sich die unglückliche Braut nach diesem langen, ereignisreichen Tag in den Schlaf.

Erste fahle Morgendämmerung preßte sich gegen die Fensterscheiben, als der Heini, von brennendem Durst geplagt, wach wurde und selben Augenblicks vor Schreck bis ins Innerste erstarrte. Schlagartig wurde ihm bewußt, daß er seine Hochzeitsnacht verschlafen hatte!

Vergessen war seine ausgedörrte Kehle, vergessen der brummende Schädel. Von heftigen Gewissensbissen geplagt, richtete er sich vorsichtig auf.

Der Anblick des schlafenden Mädchens, dessen Gesicht im Schlaf noch fast kindlich wirkte, rührte ihm seltsam ans Herz. Am liebsten wäre er vor Scham und Reue im Erdboden versunken.

Obwohl er die Sanni liebte, hatte er ihr das angetan! Was war er nur für ein Mensch? Konnte er diese Lieblosigkeit jemals wieder gutmachen, sie diesen unverzeihlichen Fehler vergessen lassen?

Ein Gefühl heißer, nie vorher verspürter Zärtlichkeit, vermischt jedoch mit Angst, stieg in ihm auf, während er sich über seine schlafende Frau beugte. Seine Lippen glitten sanft über ihr Gesicht, ehe er sie behutsam küßte.

Als die Sanni erwachte und die Augen aufschlug, bat er sie mit tränenerstickter Stimme: »Verzeih mir, Sanni! Ich bitt' dich um alles in der Welt, vergib mir! Ich muß wahnsinnig gewesen sein, daß ich dir das angetan hab. Sag, daß du mir verzeihst! Ich hab, dich so gern! Du bist doch alles, was ich hab'! Es ist einfach so über mich gekommen, ich weiß net wie. Ich schwör's bei allem, was mir heilig ist, es ist nur dieser verdammte Schnaps gewesen. Keinen einzigen Tropfen rühr' ich mehr an, das mußt mir glauben! Sanni, sag, daß du mir glaubst, daß du mich noch gern hast!«

Was gewesen war, erschien der Sanni plötzlich wie ein unseliger Alptraum, der nun, da die Nacht vorbei war, unwirklich wurde. Hatte sie alles nicht wirklich nur geträumt? Denn nun konnte sie sich keinen liebevolleren Ehemann wünschen und vorstellen als den Heini.

Überglücklich und sehr erleichtert, daß sie sich in ihm doch nicht getäuscht hatte, schlang sie die Arme um ihn. Es fiel ihr nicht schwer, zu verdrängen, mit wieviel Kummer ihr Hochzeitstag geendet hatte. Mit diesem jungen Tag, der draußen heraufzog, würde ihr Glück an Heinis Seite als Kuglmüllerin beginnen. Es gab nichts, was sie bereuen mußte. Er war der Mann, den sie liebte, dessen Frau sie geworden war.

Als die schon etwas säumige Herbstsonne aufging, schlief das junge Paar eng umschlungen, die Gesichter glücklich und gelöst, noch einmal tief und fest ein.

*

Es war dem Kuglmüller-Heini durchaus bewusst, daß er sein Glück beinahe verloren hätte, noch ehe es richtig begonnen hatte. Fast hätte der Schnaps seinen ersten großen Sieg errungen! Doch so weit wollte der Heini es nie wieder kommen lassen, das schwor er sich hoch und heilig.

Die Hauserin und die Kuni mochten von dem Geschehen in der vergangenen Nacht, dem unverständlichen Benehmen des Bauern denken, was sie wollten; am Morgen sahen sie jedenfalls, daß das frischvermählte Paar überaus glücklich, ein Herz und eine Seele war.

Es konnte nur die Liebe sein, die Sannis Augen strahlen ließ, Farbe in ihre etwas blassen Wangen zauberte und die den Heini gelassener und umgänglicher machte. Nur eines vermochte auch die Liebe nicht: dem jungen Kuglmüller jene Autorität zu verleihen, die er als Bauer gebraucht hätte, ihn endlich erwachsener und damit pflichtbewußter zu machen.

Während sich die Sanni in die Rolle der Bäuerin rasch und ohne Schwierigkeiten hineinfand, tat der Heini wenig, um endlich das Heft als Bauer auf seinem eigenen Hof in die Hand zu nehmen. Nach wie vor ließ er den Leonhard anschaffen und werken, versuchte ihm nur – so wie bisher – dreinzureden, insbesondere dann, wenn ihn etwas ärgerte. Dann spielte er sich mit unangebrachter und oft sogar peinlicher Besserwisserei auf.

Es wurmte den Heini dann maßlos, daß der Leonhard ihn ausgerechnet im Beisein seiner Frau fragte: »Für wann hast der Kuni eigentlich den Dienst aufgesagt?«

Seine Nervosität geschickt verbergend, stieß der Heini knapp hervor: »Überhaupt net.«

Nun wurde die Sanni aufmerksam, zumal der Leonhard nachhakte: »Und warum nachher wieder net?«

»Ich hab' sie ja schließlich net loswerden wollen. Außerdem brauchen wir sie. Oder soll sich die Sanni jetzt für zwei abschuften?«

Nun fühlte sich der Leonhard in die Enge getrieben. »Nein, natürlich net ...« Mit einer ungeduldigen, wegwerfenden Handbewegung fügte er hinzu: »Ach, von mir aus tu doch, was du für richtig hältst.« Danach ging er mit langen Schritten davon.

Um Sannis Fragen vorzubeugen, knurrte der Heini: »Das tät' ihm so passen, daß ich auch nach seiner Pfeifn tanz'! Was kann denn ich dafür, wenn er sich auf einmal mit der Kuni nimmer versteht!«

Da die Mägde der Bäuerin unterstanden, glaubte die Sanni sich erkundigen zu müssen, was es mit der Kuni auf sich hatte. Es war ihr ein wenig unangenehm, den Heini zu fragen: »War was mit ihr und dem Leonhard?«

»Was weiß denn ich! Ich kann mich doch um so was net auch noch kümmern.« Auf ihren erstaunten Blick hin fuhr er begütigend fort: »Überhaupt wär's mir lieber, wennst dich da net einimischen tätest. Wir sollten froh sein, daß wir so eine tüchtige Dirn haben, wie die Kuni eine ist. Die Mutter selig war allweil recht zufrieden mit ihr. Aber seit sie halt nimmer ist, ist alles anders bei uns, alles durcheinander gegangen. Und drum meint auch jeder« – dies war vor allem auf seinen Ziehbruder gemünzt – »er kann anschaffen. Sogar die Weiberleut! Doch das wird ja jetzt wieder anders, wo ich dich hab', wieder eine Bäuerin im Haus regiert«, schmeichelte er.

Nach einigem Zögern sagte die junge Kuglmüllerin: »Die Johanna hat mich gefragt, ob sie bleiben dürft'. Ich mein', jetzt, auf den Winter zu, wo die Arbeit eh weniger …«

»Wenn sie bleiben will, kann sie bleiben. Das ist doch keine Frag'! Soviel Arbeit ist bei uns allweil da, daß sie was zu tun hat.« Der Heini zog die Sanni an sich, flüsterte ihr zärtlich ins Ohr: »Und nachher könnt's ja auch bald sein, daß du dich schonen mußt, und da bist froh um die Johanna.«

Feine Röte überzog ihre Wangen, denn dieser Gedanke war für sie, die ja fast selber noch ein Kind war, noch ungewohnt.

Nach dieser, dank seines Ablenkungsmanövers so gefahrlos verlaufenen Unterredung mußte sich der Heini vor lauter Erleichterung einen Schluck genehmigen. Heimlich versteht sich, wie er das immer häufiger tat; Gründe dafür waren stets schnell gefunden.

Es schien sich alles besser anzulassen als anfänglich befürchtet. Er war nicht so unvorsichtig, Kunis Zorn herauszufordern, und sie war so gescheit, sich seiner Bäuerin gegenüber dienstbeflissen und respektvoll zu zeigen. Man durfte sich halt nur nicht gleich überrumpeln und den Schneid abkaufen lassen! Prost!

Die Sanni hatte sich im Kuglmüllerhof schnell eingelebt. Sie mußte hier viel weniger schwere körperliche Arbeit leisten als daheim. Das Leben verlief, insbesondere da sich das Bauernjahr seinem beschaulichen Ende zuneigte, durchaus angenehm. Dennoch wurde ihr erst jetzt richtig bewußt, was es hieß, Bäuerin in einem so reichen, angesehenen Hof zu sein. Aber sie zeigte sich dieser neuen Würde trotz ihrer Jugend durchaus gewachsen.

So gut es ihr auch ging und so sehr sie dieses neue Dasein genoß, es gab etwas, was sie beunruhigte. Es gefiel ihr nicht, daß der Heini noch immer alle Entscheidungen dem Leonhard überließ, sich an keiner Arbeit richtig beteiligte. Sie liebte, ihren Mann, und sie wollte bewundernd zu ihm aufblicken.

Als sie ihn vorsichtig ansprach, ahnte sie nicht, damit einen wunden Punkt berührt zu haben.

Gereizt setzte sich der Heini zur Wehr und erklärte: »Bei dem vielen Lohn, den ihm die Mutter in ihrer Gutheit ausgesetzt hat, darf er sich auch g'fälligst um die Arbeit kümmern. Oder meinst, ich sollt' ihm das Geld für nix und wieder nix zahlen?«

Obgleich seine Schroffheit sie etwas erschreckt hatte, zeigte die Sanni Verständnis. »Nein, nein, hast schon recht. Nur ...«

»Nur?«

»Du scheinst auf deinen Ziehbruder net arg gut zu sprechen zu sein. Aber warum denn eigentlich net?«

»Ist doch wohl kein Wunder!« stieß der Heini voll Erbitterung hervor. »Jahrelang hat er sich bei meiner Mutter eingeschmeichelt, sich lieb Kind g'macht! Bei mir hat's allweil geheißen: Nimm dir ein Beispiel am Leonhard – Mei, so was kann dich ganz schön fertig machen!«

»Jessas, Heini, davon hab' ich ja keine Ahnung gehabt«, entfuhr es der Sanni bestürzt. Schon sah sie den Leonhard mit anderen Augen, nicht mehr gar so treu und aufrecht. »Von der Benachteiligung hab' ich nix gewußt.«

»Du weißt halt noch mehr net.«

»Dann versteh' ich aber net, warum du ihm net aufkündigst.«

Ungeduldig erwiderte er: »Weil mich das Erbteil ganz einfach reut, das ich ihm auszahlen muß, wenn er geht. So hat's ihm die Mutter selig schreiben lassen.«

Die Sanni ahnte nicht, daß auch dies wieder eine seiner Ausreden war, die er mit seiner nur für ihn geltenden Logik gebrauchte, um sich seine Schwächen nicht eingestehen zu müssen.

»Erbteil? Was denn für ein Erbteil? Er ist doch bloß ein …«

»Ich sag' dir doch, er hat sich andauernd bei der Mutter eingeschmeichelt. Und das net ohne

Grund, wie sich hernach herausgestellt hat!« Der Heini schnaubte. »Sie hat ihm einen schönen Batzen vermacht' angeblich für seinen Fleiß und seine viele Arbeit.«

Die Sanni hörte seine Eifersucht aus den Worten heraus. Nach kurzem Zögern sagte sie: »Na ja, viel gearbeitet hat er ja auch. Deine Mutter wird schon g'wußt haben, warum sie es getan ...«

Er ließ sie nicht ausreden und schnauzte sie unbeherrscht an: »So ist's recht! Das ist ja allerhand, jetzt bist also du auch noch auf seiner Seit'n! Grad von dir hätt' ich mir doch mehr Verständnis erhofft. Aber jetzt weiß ich wenigstens' wie ich dran bin!« Er wandte sich um, ging davon.

»Heini! Heini, ich bitt' dich, so bleib doch da! Laß dir erklären ... So war's doch überhaupt net g'meint! Ich ...« Sie brach ab, denn er hörte sie schon nicht mehr.

Verwirrrt, von recht zwiespältigen Gefühlen hin und her gerissen, stand sie da, wußte nicht, was sie nun tun, wie sie sich verhalten sollte.

Solche merkwürdigen Situationen, die blitzartig aus dem Nichts entstanden, zeigten ihr, daß ihr Mann doch eine recht komplizierte und schwierige Persönlichkeit war. Er konnte der beste und liebste Mensch von der Welt sein, ein falsches Wort genügte jedoch, und alles an ihm wurde ihr fremd und unverständlich. Man konnte ihn schließlich nicht ständig wie ein rohes Ei behandeln! Freilich, irgend etwas schien ihm arg auf der Seele zu lasten. Was bloß?

Schnell tröstete die Sanni sich mit dem alten Sprichwort: ›Jedes Mandl hat sein Brandl!‹ Sollte da der ihrige eine Ausnahme machen?

So ganz ließ das alles ihr aber keine Ruhe, und so folgte sie ihm ins Haus.

»Heini? Heini, wo steckst?« rief sie in den dämmrigen Hausflur.

Sie bekam keine Antwort.

Wenig später hörte sie ein Geräusch im Oberstock und eilte die Stiege hinauf. »Da bist ja! Warum hast dich denn net gemeldet?«

Ohne aufzublicken hantierte der Heini weiter im Gewehrschrank herum; undeutlich brummend entgegnete er: »Was willst denn?«

»Das von vorhin tut mir leid.«

»Fangst schon wieder an? Ich will nix mehr davon hören!«

Hastig erkundigte sie sich: »Gehst auf die Jagd?«

»Blödsinn! Für so was hab' ich nix übrig«, antwortete er abweisend, verschwieg, daß er die Jagdprüfung nicht bestanden hatte, sich zu keinem zweiten Versuch mehr aufraffen konnte, aus Angst, erneut zu versagen. »Trotzdem muß das ganze Zeug ab und zu 'putzt werden.«

Sanni betrachtete die Büchsen und Flinten mit recht gemischten Gefühlen, ehe sie sich mit einem nicht ganz überzeugend klingenden: »Aha, versteh schon« umwandte und die Stiege wieder hinunter ging.

*

Je länger die Sanni auf dem Hof war, desto mehr kam sie zu der Überzeugung, daß der Heini dem Leonhard unrecht tat und ihre verstorbene Schwiegermutter nicht ohne Grund soviel von ihm gehalten hatte. Auch sie fand an diesem zurückhaltenden Menschen, der von früh bis spät werkte und arbeitete, nichts auszusetzen, er zwang ihr zunehmende Bewunderung ab. So schwer es ihr auch fiel, mußte sie sich doch eingestehen, daß ihr Mann ihm das Wasser nicht reichen konnte.

Selbst sie gewöhnte es sich an, sich in wichtigen Fragen an den Leonhard zu wenden. Denn der Heini mochte von Entscheidungen oder irgendwelchen Schwierigkeiten nichts wissen, wies sie in seiner rasch aufbrausenden, ungeduldigen Art stets nur ab.

Sannis Flitterwochen endeten jäh an dem Tag, als die Sache mit dem Hühnerstall geschah.

Schon etliche Male hatte sie versucht, den Heini darauf anzusprechen, den Hühnerstall zu vergrößern, etliche Nestkästen mehr einzubauen. »Die Eier sind gut im Preis. Und ich möcht' im Frühjahr gern mehr Hennen halten.«

»Bis dahin ist noch viel Zeit«, wehrte er ab.

»Aber jetzt hätten die Leut' Zeit für diese Arbeit. Auf dem Feld ist nimmer viel zu tun, und wenn im Winter die Holzarbeit angeht …«

»Himmiherrgott, so laß mi doch mit deine damischen Hennen meine Ruh'! Mach, was du willst, aber bleib mir damit vom Hals!« raunzte er sie an.

In dem guten Glauben, nun freie Hand zu haben, ging die Sanni zum Leonhard, um ihr Anliegen mit ihm zu besprechen.

»Ja, du hast recht, der Hühnerstall hätt' schon längst vergrößert werden müssen. Auch die Mahm hat das allweil im Sinn gehabt. Wir sind bloß nie dazu gekommen«, pflichtete er ihr sofort bei. »Gleich morgen schick ich den Bertl um eine Fuhr Bretter, nachher nehmen wir die Sach in Angriff. Und bis auf Kirchweih ist alles erledigt.«

»Jessas, so hätt's auch wieder net pressiert«, erwiderte sie mit einem etwas verlegenen Lächeln.

Daraufhin meinte er schmunzelnd: »Du sollst deinen Hühnerstall gleich haben, eh was anderes dazwischenkommt. Es paßt ohnedies grad in die Arbeit eini.«

Damit schien die Sache erledigt. Die Sanni wußte, man konnte sich auf das, was der Leonhard versprach und in die Hand nahm, verlassen. Sie sah keine Notwendigkeit, darüber noch einmal mit ihrem Mann zu reden, ihn erneut damit zu behelligen.

Am folgenden Vormittag, als der Bertl mit der Fuhre Bretter heimkehrte, sah er den Bauern und die Bäuerin über die Wiesen daherkommen, wo das Vieh die letzten kurzen Herbstgräser abweidete. Übermütig mit der Peitsche schnalzend, rief er der Sanni arglos zu: »Bäuerin, da hab' ich dir deinen Hühnerstall gebracht. Lauter schöne, trockene Fichtenbretter hab, ich extra dafür ausgesucht.«

Was den Heini plötzlich zur Weißglut brachte war's nun der ungezwungene Ton des Knechtes seiner jungen Frau gegenüber oder die Tatsache, daß jetzt der Hühnerstall von einem Tag auf den anderen in Angriff genommen wurde –, mag dahingestellt bleiben. Von einem Augenblick auf den anderen glich sein Gesicht einer wutverzerrten Fratze. Er stürzte auf den Berzl zu, der ahnungslos vom Bock stieg, hatte den Überrumpelten auch schon an den Aufschlagen seiner Joppe gepackt. »Wer hat dir ang'schafft, daß du die Bretter holen sollst?« brachte er, keuchend vor Zorn, hervor, schüttelte und beutelte dabei den etwas schmächtigen Jungknecht wie ein lebloses Bündel hin und her.

Mit weichen Knien ging die Sanni auf die Hausbank zu, sank darauf nieder, ohne einen Ton über die Lippen zu bringen.

»Herrgott, Heini, bist übergeschnappt!« kam es von Leonhard, der soeben ums Hauseck bog und, um Schlimmeres zu verhindern, sofort zu rennen begann.

Im selben Augenblick schleuderte der Heini den Bertl der sich nicht zu wehren wagte, mit einem so gewaltigen Stoß von sich, daß der Bertl rücklings zu Boden fiel und dabei hart mit dem Rücken aufschlug. Ohne sich weiter um den Knecht zu kümmern, wandte der Heini sich nun dem Leonhard zu und starrte ihm mit zusammengekniffenen, zornfunkelnden Augen entgegen, in geduckter Haltung, als ob er einen Angriff erwartete.

Die Stimme Leonhards klang zwar rauh vor Wut, aber er dachte nicht daran, sich auf eine Rauferei mit seinem Ziehbruder einzulassen. »Was soll denn das bedeuten?«

Mit angehaltenem Atem, ängstlich pochendem Herzen wartete die Sanni darauf, daß sich ihr Mann auf den Leonhard stürzen würde. Doch das ließ er zum Glück bleiben, brüllte statt dessen zurück: »Dich frag' ich, was das zu bedeuten hat mit den Brettern!«

»Die sind für den neuen Hühnerstall.«

Plötzlich gab der Heini seine zum Sprung geduckte Haltung auf, reckte seine gedrungene, untersetzte Gestalt und stieß zynisch hervor: »Wenn in meinem Hof was gebaut oder gerichtet wird, nachher möcht' ich da schon vorher gefragt werden, daß du's weißt!«

Endlich faßte sich die Sanni ein Herz, raffte sich auf und trat zu ihnen. Das schmale Gesicht blaß, wie eingefallen vor Angst, brachte sie mit bebender Stimme hervor: »Es ist alles meine Schuld, Heini. Ich hab' gmeint, du bist damit einverstanden' daß der...«

»Hinter meinem Rücken hast du überhaupt nix zu meinen«, fuhr ihr Mann sie grob an. »Der Bauer bin allweil noch ich. Und wennst was willst, mußt g'fälligst mit mir verhandeln und net mit dem Großknecht. Ich laß mir von niemand auf der Nasen herumtanzen.«

»Geh, sei vernünftig, Heini«, versuchte der Leonhard zu vermitteln, den Sannis jammervoller Anblick ins Herz schnitt. »Sie kann nix dafür, hat's bloß gut g'meint.«

Seine Frau unsanft am Arm packend, raunzte der Heini: »Bei uns brauchst dich net auch noch einizumischen! So eine Zusammspinnerei mag ich net!« Damit machte er kehrt' stürmte mit langen Schritten zum Hof, die Sanni mit sich zerrend. Im Hausflur gab er sie unvermittelt frei, verschwand wortlos in der Stube und ließ die Tür laut hinter sich zuknallen.

Sanni war gegen die Wand getaumelt. Sie hätte nicht zu sagen vermocht, was ihr mehr zusetzte: die Scham vor den Dienstboten – sicherlich hatte man diesen Auftritt beobachtet – oder die Angst, die sie vor ihrem Mann empfand. Sie hatte tatsächlich befürchtet, er würde sie schlagen, unbeherrscht auf sie losdreschen.

Es war ihr ganz und gar unbegreiflich, was diesen Wutausbruch ausgelöst haben konnte. Die Instandsetzung des Hühnerstalls, die dringend nötig war, konnte es nicht allein gewesen sein, zumal man ja bereits drüber gesprochen hatte.

Während die Sanni, noch immer am ganzen Leib zitternd vor Angst, nach einer Antwort, einer Erklärung suchte, entkorkte der Heini eine Schnapsflasche und murmelte: »Da sollst nachher keinen Schnaps brauchen, wenn man sich so hintergehen lassen muß!«

Ob er es wahrhaben wollte oder nicht, für ihn würde es immer irgendeinen Grund zum Trinken geben. Wenn es keinen gab, dann mußte einer geschaffen werden. Sich grundlos zu betrinken, davor hatte er Angst, deshalb brauchte und suchte er eine Ausrede vor sich selber, um sein Gewissen zu beruhigen und um sich keine Abhängigkeit eingestehen zu müssen.

Drinnen in der Kuchl stand die Kuni, hatte das Ohr an die Tür gepreßt. Um ihren Mund spielte ein hämisches, schadenfrohes Schmunzeln.

Hatte sie es nicht gleich gewußt, daß dieses Glück nicht von langer Dauer sein würde?

Kurze Zeit später verließ der Kuglmüller-Heini, die Augen schon ein wenig glasig, den Hof mit dem Motorrad. Außer der jungen Bäuerin wußten alle, daß man ihn nun so bald nicht wiedersehen würde.

Die Sanni glaubte ihren Ohren nicht recht zu trauen, als sie gleich darauf von draußen das Hämmern und Sägen hörte, man also offenbar bereits den Ausbau des Hühnerstalls in Angriff nahm.

Zutiefst erschrocken lief sie aus dem Haus, eilte zum Leonhard und fragte verstört: »Um Gott's willen, du wirst doch jetzt net mit dem Hühnerstall anfangen! Nach allem, was …«

»Brauchst keine Angst zu haben, Sanni! Bis er heimkommt, ist der Stall fertig«, beruhigte er sie.

»Was, so schnell geht das? Aber hernach? Was ist hernach, wenn er … ?«

»Hernach ist gar nix mehr. Es wird nimmer wichtig sein«, antwortete der Leonhard zurückhaltend und ziemlich rätselhaft.

Die Sanni wußte noch nicht, daß sie ihren Mann zwei Tage lang nicht mehr zu Gesicht bekommen sollte. Und als er dann endlich heimkam, brauchte er einen weiteren Tag, um sich auszuschlafen und vor allem auszukurieren. Danach kriegte er noch das heulende Elend und bat seine Frau voller Zerknirschung um Verzeihung. Wieder einmal schwor er sich und ihr hoch und heilig, keinen Schnaps mehr anzurühren, sich nie mehr zu betrinken.

Die Sanni stand diesem plötzlich aufflammenden Gefühlsausbruch ebenso hilflos gegenüber wie allen anderen Launen ihres Mannes.

Der neue, schöne und große Hühnerstall wurde nicht erwähnt.

*

Schon früh hielt der Winter in diesem Jahr seinen Einzug; er kam mit Schnee und strengem Frost.

Im Kuglmüllerhof war's recht still geworden' denn der Leonhard war mit dem Jungknecht bei der Holzarbeit im Bergwald droben.

Bereits in dieser kurzen Zeit ihrer Ehe hatte sich um den Mund der jungen Kuglmüllerin ein bitterer Zug eingegraben. Oft hatte sie die närrische Vorstellung, in einer auf- und abschwingenden Schiffsschaukel zu sein, aus der sie nicht abspringen konnte. Einmal schwebte man hoch in der Luft, um gleich darauf wieder in die Tiefe gerissen zu werden.

Sie konnte ihrem Mann nicht mehr glauben, wenn er ihr, oft genug unter Tränen, von Reue gepackt, schwor, keinen Tropfen mehr anzurühren. Aber was noch schlimmer war: Sie hatte gelernt, ihn zu fürchten. Es blieb ihr nichts anderes übrig, als ihm aus dem Weg zu gehen, wenn er getrunken hatte, und sich an die Hoffnung zu klammern, daß er sich schon noch ändern und zur

Vernunft kommen würde. Niemand, sie zuletzt, wollte daran glauben, daß ein so junger Mensch bereits dem Alkohol verfallen sein könnte.

Mit Schadenfreude und Genugtuung registrierte die Kuni, wie schnell das kurze Glück der Bäuerin verflogen war. Sie selber, davon war sie überzeugt, hätte es besser verstanden, den Heini an die Kandare zu nehmen und ihm sein Laster abzugewöhnen.

Noch hatte es niemand gemerkt, wie es um sie stand. Doch allzu lange würde sie ihren Zustand nicht mehr verheimlichen können. Nun, da sie die Gutmütigkeit der Bäuerin kannte, brauchte sie kaum noch zu befürchten, den Hof deswegen verlassen zu müssen. Im übrigen war die Bäuerin viel zu naiv und vertrauensselig, um der Wahrheit auf die Spur zu kommen.

Die Kuni empfand für die immer verhärmter und verschreckter aussehende Sanni, die nicht in der Lage war, ihren Mann von der Flasche fernzuhalten, kaum mehr als Geringschätzung. Sie nahm die junge Frau nicht für ganz voll, fühlte sich ihr überlegen.

Die Kuni versuchte auch wieder, die Aufmerksamkeit des Bauern auf sich zu ziehen, machte ihm wieder schöne Augen. Sie mußte jedoch feststellen, daß er davon eher peinlich berührt als erfreut war. Sie begriff das nicht. Er schien doch mit seiner Frau alles andere als glücklich zu sein!

Nein, glücklich war der Kuglmüller-Heini wirklich nicht. Und er gab daran der Sanni die Schuld. Mit seiner Heirat, so hatte er gehofft, würde sich sein Leben ändern, er ein anderer Mensch werden, ein gestandenes Mannsbild. Sie sollte ihm helfen, seine Schwächen und Unzulänglichkeiten zu überwinden. Doch nichts dergleichen! Das Gegenteil war eingetreten, sein Selbstvertrauen war noch tiefer gesunken, er trank mehr als je zuvor.

Dieser labile Mensch, der sein Lebtag lang stets Hilfe und Entgegenkommen von anderen erwartet und bekommen hatte, sah nicht ein, daß alles an ihm selbst lag, er sich nun selbst helfen mußte. Er machte es sich zu leicht, indem er ständig neue Ausreden für seine Schwächen suchte, alle Welt dafür verantwortlich machte und sein Selbstmitleid hegte und pflegte.

Seine Frau stand ihm hilflos gegenüber. Wie auch hätte sie die unseligen Zusammenhänge erkennen sollen? Sie wußte nicht, daß er sich nur Gründe schaffte, um seine Sucht zu befriedigen, und Ausreden vor sich selber fand, um sich die Angst vor der traurigen Wahrheit nicht eingestehen zu müssen. Es war nicht verwunderlich, daß sie oft glaubte, einen Fremden vor sich zu haben, wenn der Heini nicht Herr über sich selber war, seine Persönlichkeit sich immer stärker veränderte. Die Entfremdung zwischen ihnen wurde nicht von ihnen, sondern vom Alkohol, der Sucht, diktiert. Da sie beide dies nicht richtig erkannten, standen sie dieser Tragödie hilflos gegenüber, waren ihr ausgeliefert.

Heinis Enttäuschung darüber, daß seine Frau ihm nicht zu helfen vermochte, machte ihn ihr gegenüber gleichgültig, lieferte einen weiteren, ihm durchaus plausiblen Grund, sich mit der Flasche trösten zu müssen!

Auch Kunis neuerliche Dreistigkeit und die Furcht, es könne offenbar werden, wer der Vater ihres Kindes war, ließen sich wiederum nur mit Schnaps ertränken.

Es ging auf Weihnachten zu, als die Hauserin aufgeregt zur jungen Kuglmüllerin kam und ein wenig verlegen berichtete: »Unsere Kuni ist in Umständ'!«

Mehr überrascht als entsetzt erkundigte sich die Sanni: »Herrje, von wem denn grad?«

Daraufhin konnte die Johanna nur mit den Schultern zucken. Dann sagte sie: »Sie ist mir gleich recht frech gekommen, als ich sie gefragt hab'. Sie hat gemeint das tät' bloß sie selber was angehen. Eines ist allerdings g'spaßig: Ich hab' nie g'spannt, daß ihr einer nachgestiegen ist!«

»Vielleicht einer vom Hof? Am End ...« Die Sanni schien über diesen Verdacht selber zu erschrecken. »Am End' gar ... gar der Leonhard?«

Der Grund, weshalb ihr diese Vorstellung so unangenehm war, konnte nur darin liegen, daß sie den Leonhard schätzte, gegen die Kuni jedoch insgeheim eine unerklärliche Abneigung empfand. Sie ging dagegen an, behielt es für sich, trotzdem mochte sie die Dirn nicht sonderlich.

»Jessas, wo denkst denn hin, Bäuerin!« rief die Hauserin. »Die zwei sind doch allweil wie Hund und Katz' aufeinand!«

»Da hast recht.« Der Sanni fiel ein Stein vom Herzen.

»Du mußt was unternehmen, was tun, Bäuerin! Die Kuni zur Red' stellen! Denn so was geht schließlich net! Was soll'n denn die Leut' von uns denken?«

Die Aufgabe war der jungen Kuglmüllerin sichtlich unangenehm, zumal die Kuni um etliches älter war als sie. Doch als Bäuerin hatte sie, Sanni, auf ihre Dienstboten zu achten, darauf, daß Ordnung und Anstand unter dem Dach herrschten. Sie hatte sich in der kurzen Zeit ihrer Ehe schon so oft überwinden müssen, daß sie diese peinliche Aussprache auch überstehen würde.

»In Gott's Nam', nachher schick sie mir halt«, sagte die junge Frau etwas nervös, ihren Berg Flickwäsche von sich schiebend, der auf dem Tisch lag.

Wenig später erschien die Kuni in der Stube. Sie mußte sich beherrschen, um sich nicht anmerken zu lassen, daß sie sich ihrer jungen Dienstherrin gegenüber überlegen fühlte und längst wußte, daß sie selbst entgegen dem Willen der Bäuerin bleiben konnte. Es galt nur, den Schein zu wahren.

»Gell, Bäuerin, ich darf hierbleiben? Wo soll ich denn jetzt auch hin' mitten im Winter?« begann sie.

»Wirst denn jetzt net bald heiraten?« fragte die Sanni.

Den Blick zu Boden gesenkt, schüttelte die Magd den Kopf.

»Warum net? Wer ist denn der Vater von deinem Kind?«

»Der Schuft hat mich sitzen lassen. Ich will eh nix mehr von ihm wissen.«

»Aber seinen Namen mußt doch sagen! Er muß schließlich dafür einstehen, was er angestellt hat. Außerdem wirst das Kindl net ganz allein großziehen können. Er muß zumindest dafür zahlen.«

Das Kinn noch immer auf die Brust gesenkt, so daß man das harte, kalte Glitzern in ihren Augen nicht sehen konnte, stieß die Kuni hervor: »Ich will und brauch' nix von ihm, möcht' mit ihm nix mehr zu tun haben. Und das wird doch noch mein ureigenstes gutes Recht sein!«

Den herausfordernden Ton überhörend, kam es eindringlich von der Sanni: »Trotzdem g'hört es sich, daß ein Kind weiß, wer sein Vater ist, es hat ein Recht drauf! Auf dem Vormundschaftsgericht wird man dir das gleiche …«

»Ich könnt' ihn ja auch gar net gekannt haben«, fiel die Kuni ihr ins Wort.

»Na ja, meine Sorg' soll das net sein. Du mußt wissen' was du tust. Aber rechtens ist es net!«

»Kann ich bleiben?«

Nun doch etwas aufgebracht über diesen trotzig fordernden Ton, erwiderte die junge Kuglmüllerin: »Darüber muß ich zuerst schon noch mit dem Bauern reden. Ich allein kann das net entscheiden.«

Nun ließ sich die Kuni zu einem etwas bescheideneren: »Ich wär' froh, wenn ich bleiben dürft'« herab. Doch sofort danach wandte sie sich um und verließ die Stub; was bewies, daß sie diese Unterredung für beendet hielt.

Jetzt erst, da sie allein war, begann die Sanni sich über die versteckte Widerspenstigkeit der Magd so richtig zu ärgern.

Als bald darauf der Heini hereinkam, beklagte sie sich: »Denk dir, die Kuni kriegt ein Kind und will durchaus net sagen, wer der Vater ist. Sie erwartet anscheinend, daß wir sie behalten.«

Der junge Kuglmüller wirkte in der letzten Zeit fahl und aufgedunsen, aufgeschwemmt, schien mit seinen Gedanken nie bei der Sache zu sein. Auch jetzt brauchte er seine Verwirrung nicht zu spielen. »Ein ... ein Kind? Die Kuni?« stotterte er, dem arglosen Blick seiner Frau ausweichend.

»Gell' da bist platt? Kannst dir vorstellen, von wem? Einen Moment lang hab' ich den Leonhard in Verdacht gehabt ... Aber die Johanna hat gmeint' das kann unmöglich sein. Hast du vielleicht eine Ahnung' wer ...

»Was weiß denn ich!« fiel er ihr mit plötzlicher Gereiztheit ins Wort. »Wenn sie's net sagen will, nachher soll sie's halt lassen. Was kümmert's uns?«

»Na ja' sie will bleiben. Was meinst du dazu? Die Leut' halt ... sie werden sich über uns die Mäuler zerreißen.«

Auf einmal den Gleichgültigen markierend, entgegnete er nachsichtig: »Jetzt ist es schon mal so, wie's ist. Man sollt' sie deswegen net gleich aus dem Haus jagen.«

»Hast recht. Und auf so ein klein's Würml kommt's hier auch nimmer an. Wir ...« Sie brach ab, denn der Heini hatte sie in die Arme genommen' preßte sie stürmisch und wild an sich. »Jessas, Heini, was hast denn?«

»Sanni, ich wünsch, mir so sehr ein Kind! Einen Buben!« brach es aus ihm heraus. Geradezu beschwörend fuhr er fort: »Glaub mir, wenn ich einen Buben hätt', wenn ich Vater wär', würd' gleich alles anders werden! Ich schwörs, keinen Tropfen rührt' ich mehr an!« Er meinte es ernst.

Gewiß brachte ein Kind, ein Hoferbe, die Rettung! »Weißt, erst mit einem strammen Buben wird man zum gestandenen Mannsbild!«

Gerührt von der tiefen Sehnsucht in seiner Stimme schmiegte die Sanni ihr Gesicht an seine Wange. Auch sie setzte ihre letzte verzweifelte Hoffnung auf ein Kind, das ihre Ehe retten, sie beide wieder zueinanderführen würde. Sie litt darunter, daß sich ihr Wunsch noch nicht erfüllt hatte.

Es klang wie ein verzweifeltes Betteln, als der Heini hinzufügte: »Sag, Sanni, daß wir bald ein Kind haben werden! Ich versprech's bei allem, was mir heilig ist' es wird wieder so wie früher werden!«

Mein Gott, früher! War das nicht erst gestern gewesen? Sollte denn wirklich alles, was man für einander empfunden hatte, nur ein flüchtiger Traum gewesen sein?

»Ja, Heini, wir werden g'wiß bald ein Kind haben«, sagte sie und versuchte, die aufsteigenden Tränen zurückzuhalten. Sie hoffte es so sehr – für sich, für ihn, für sie beide. Warum sollte nicht doch noch alles gut werden? Vielleicht war dies ein neuer Anfang?

Es sah aus, als hielt sich der Kuglmüller-Heini diesmal an sein Versprechen, keinen Alkohol mehr anzurühren. Er blieb nüchtern.

Ein schwerer Druck war von ihm gewichen, seit die Sanni um Kunis Zustand wußte und alles recht harmlos vonstatten gegangen war. Nun blieb nur noch zu hoffen, daß die Kuni die Vemunft bewies, sich an ihr Versprechen zu halten und weiterhin über die Vaterschaft ihres Kindes schwieg.

Für die Sanni wäre es das schönste Weihnachtsgeschenk gewesen, wenn ihr Mann zu seinem Wort gestanden, nicht mehr zur Flasche gegriffen hätte.

Bald ließ sich eines allerdings nicht übersehen: seine Laune wurde wieder schwärzer; er wurde immer gereizter.

*

Wenige Tage vor Heiligabend kam der junge Kuglmüller mit einem schönen Fichtenbäumchen aus dem Holz heim und fragte sogleich nach seiner Frau.

Die Kuni schichtete gerade klobige, trockene Buchenscheite unter den mächtigen Kachelofen in der Stube. Sie schaute nur kurz zum Heini auf. Ihre Lippen umspielte ein boshaftes Lächeln, als sie antwortete: »Die Bäuerin ist mit dem Leonhard ins Dorf zum Einkaufen.«

»Wieso denn mit dem Leonhard? Das hätt' sie doch auch mit mir können«, entfuhr es ihm argwöhnisch.

Die Gelegenheit sofort nutzend, stichelte die Kuni: »Mit ihm wird sie halt lieber fahren.«

»Was soll das heißen? Was willst damit sagen?«

»Ich will mich ja net einimischen, weil's mich nix angeht«, tat sie auf einmal verlegen. »Aber auffallend ist es schon, wie gut sie sich mit ihm versteht und wie wichtig sie es mit ihm hat, grad so, als ob der Leonhard der Bauer wär'!« Sie wußte genau, sie hatte den Heini damit an seiner empfindlichsten Stelle getroffen.

Er war ihr jedoch fast dankbar, denn sie hatte ihm gewissermaßen einen handfesten Grund geliefert, seinen Schwur brechen zu können. Oder sollte Treulosigkeit am End' kein Anlaß sein, der ein Mannsbild zur Flasche greifen ließ?!

Er brauchte jetzt etwas, um diesen Verrat der Sanni zu überstehen, mußte seinen Kummer ertränken!

Obwohl der Heini wußte, daß er es ohne Schnaps nicht mehr lange ausgehalten hätte, setzte er die Flasche an die Lippen, ohne Gewissensbisse zu verspüren. Die Sanni trug die Schuld!

Die Kuni hatte sich von ihre Intrige etwas anderes erhofft. Doch sie tröstete sich mit einem schadenfrohen: »Die Bäuerin ärgert's allemal, wenn sie die Bescherung sieht!«

Damit sollte sie recht behalten.

Als die Sanni heimkam, war ihr Mann bereits schwer angetrunken. Eiskalter Schreck fiel ihr ins Herz, schnürte ihr die Kehle zu. Noch ehe sie ein Wort herausbrachte, griff der Heini sie an.

Sein Blick war bereits verschwommen und sein Ton drohte umzukippen. »Was mußt denn du hinter meinem Rücken mit dem Leonhard zum Einkaufen fahren?«

»Herrje, wir sind doch allweil ...«

»Das heißt noch lang net, es paßt mir, wennst andauernd mit ihm beinandersteckst!«

Sannis schmale Schultern sanken nach vorn. Sie hatte es geahnt, aber nicht wahrhaben wollen, daß seine Einsicht nicht von langer Dauer sein würde. Es war nur ein Strohhalm gewesen, an den sie sich geklammert hatte. Trauer, aber auch ein erstes unüberhörbares Aufbegehren schwangen in ihrer Stimme mit, als sie ihrem Mann entgegenhielt: »An wen soll ich mich denn sonst halten, wenn du für nix Interesse zeigst?«

»Was willst damit sagen?« fuhr der Heini auf starrte sie gereizt an.

Nun wurde auch die Sanni wütend, und auf einmal vergaß sie ihre Angst vor ihm. »Damit will ich sagen, daß ich mich an den Leonhard wenden muß, weil du in deinem Hof net Bescheid weißt, dich um nix kümmerst, so wie's deine Pflicht als Bauer wär'.«

Das traf ihn zwar, aber er war um eine Entschuldigung nicht verlegen. »Schuld ist der Leonhard, daß mich die Arbeit nicht freut! Er hat mich von jeher überall auf die Seiten geschoben, hat sich nie wichtig genug machen können!« schrie er. »Bei meiner eigenen Mutter hat er mich schon ausg'stochen. Und jetzt tut er's bei dir auch!«

»Heini, das ist doch net wahr! Du redest dir das bloß ein als Ausred für …«

Leonhard, er hatte schon ein Weilchen unschlüssig vor der Tür gestanden, trat nun ein. Sein gutgeschnittenes Gesicht wirkte hart und kantig. In überraschend beherrschtem Ton begann er: »Zufällig hab ich's mit anhören müssen, wie's über mich hergegangen ist hier, und dazu möcht' ich schon auch ein Wörtl sagen. Wenn's so ist, Heini, daß du mich für alles als Ausred hernimmst, nachher ist es wohl tatsächlich am g'scheitesten, ich geh'!«

Sannis entsetztes und zutiefst erschrockenes: »Nein!« schnitt wohl beiden Mannsbildern gleichermaßen ins Herz.

Doch unbeirrt fuhr der Leonhard fort: »Kann sein, Heini, ich hab' dir zuviel aus dem Weg geräumt, dir zuviel Arbeit abgenommen. Für deine Mahm – Gott geb' ihr die ewig Ruh – und das Sach' hab' ich mich eing'setzt, weil ich 'glaubt hab', ich bin's schuldig. Wenn ich nimmer da bin' wirst dich auf die Hinterfüß' stellen müssen, soll's mit dem Kuglmüllerhof net bergab gehen. Deine Mutter wird's mir schon verzeihen' daß ich mein Wort net halten kann, das ich ihr auf dem Sterbebett gegeben hab'.« Er vermied es, Sannis Blick zu begegnen, als er hinzufügte: »Die kommenden

Weihnachtsfeiertage tät' ich schon noch gern bleiben. Wo sollt' ich denn auch sonst hin? Aber aufs neue Jahr bist mich los, Heini. Bis dahin werd' ich gewiß was aufgetrieben haben.«

Sanni verließ die Stube, wankte hinaus in die Kuchl, und dabei fühlte sie sich innerlich ganz krank und zerrissen. Sie hörte den Heini noch höhnisch sagen: »Mit einer neuen Stellung kannst dir doch Zeit lassen, bei dem schönen Batzen, den dir meine Mutter vermacht hat!«

Gewaltsam mußte sie sich beherrschen, um nicht gegen ihren Mann Partei für den Leonhard zu ergreifen, für diesen Menschen, der es immer gut gemeint hatte. Sie konnte sich ein Leben auf diesem Hof, unter diesem Dach, nicht vorstellen ohne ihn. Und doch mußte sie, wenn auch widerwillig, zugeben, es war in vielerlei Hinsicht vernünftiger, wenn er ging. Vielleicht gelang es dem Heini dann, seinen Mann zu stehen. Die Gelegenheit, die Chance dazu mußte man ihm geben.

Für sie selbst war es, wie sie nun deutlich spürte, durchaus nicht ungefährlich, sich immer öfter Rat und Hilfe beim Leonhard zu holen, sich auf ihn immer mehr als auf ihren Mann zu verlassen. Sie suchte und brauchte in all dieser Verwirrung, in die sie hineingerissen worden war, einen festen Halt. Aber das durfte der Leonhard nicht sein.

Das Zuschlagen der Stubentür ließ die Sanni zusammenfahren. Sie wagte jedoch nicht nachzusehen, wer von den beiden die Stube verlassen hatte. Hauptsache, dieses Streiten fand ein Ende.

*

Das erste Weihnachtsfest, das die Sanni im Kuglmüllerhof erlebte, war das traurigste und bedrükkendste ihres bisherigen Lebens.

Der Heini trank so schwer, daß er tagelang nicht nüchtern wurde. Und nun, da sich das Jahr dem Ende zuneigte, hielt selbst sein junger Körper diesen Exzessen nicht mehr stand; der Heini war unfähig, das Bett zu verlassen.

Halb im Delirium klagte er über heftige Schmerzen im Leib; sein aufgedunsenes Gesicht verfärbte sich merkwürdig gelb, er wurde von fiebrigen Anfällen geschüttelt.

Die junge Kuglmüllerin wußte sich keinen anderen Rat mehr, sie bat den Leonhard, den Doktor zu holen. »Auch wenn man sich für so ein Kranksein in Grund und Boden schämen muß«, fügte sie verlegen hinzu.

Während Doktor Gerber, den die Sanni schon von Kindheit an kannte, ihren Mann untersuchte, wurde ihr das Warten in der Stube zur Qual. Sie fühlte sich so erstarrt und gefroren wie draußen die Natur, die sie durchs Fenster sah.

Endlich hörte sie die Schritte des Arztes die Stiege herabkommen.

»Es ist doch hoffentlich nix Ernsteres, Herr Doktor?« fragte sie mit vor Angst dünn klingender Stimme, als der Arzt eintrat.

Mitgefühl, aber auch Sorge lagen in den freundlichen Augen des betagten Mannes. »Doch, Sanni, es ist sogar bitterernst! Du mußt jetzt recht tapfer und stark sein. Dein Mann ist schwer krank; er hat Gelbsucht, seine Leber ist stark angeschwollen, wahrscheinlich von einer Alkoholvergiftung. Er muß unbedingt ins Krankenhaus.«

»Jess', Maria und Josef!« schrie sie leise auf, sah den Arzt bestürzt an.

Doktor Gerber drückte sie mit sanfter Gewalt auf einen Stuhl, ehe er ihr nun rundheraus erklärte: »Das ist noch nicht das Schlimmste, Sanni.« Milder Vorwurf schwang in seinem Ton, als er sagte: »Ich versteh' nicht' warum du nicht schon längst zu mir gekommen bist. Du mußt doch gemerkt haben, daß dein Mann krank, daß er ein Alkoholiker ist.«

Fassungslos sah die Sanni ihn an. »Mein Gott, Herr Doktor, woher hätt' ich denn das wissen sollen? Er war doch vorher nie krank.«

»Jeder Alkoholiker ist krank.«

So ganz hatte sie das immer noch nicht begriffen. »Man wird ihm doch helfen können?« fragte sie bang.

»Das wird ganz von ihm selber abhängen. Zuerst muß seine Gelbsucht behandelt werden, was einige Zeit dauern wird. Und dann müßte er mit einer Entziehungskur einverstanden sein.«

»Sie meinen in einer Anstalt?« flüsterte die Sanni entsetzt.

»Nun ja, so schlimm sollte man das nicht sehen«, begütigte der Arzt. »So eine Kur kann man auch in einem Sanatorium machen, das ist lediglich eine Kostenfrage. Er müßte das nur selber wollen. Du verstehst, was ich meine?«

Sie nickte zaghaft. »Würde ihm das auch wirklich helfen? Und wär' er hernach auch wieder ganz g'sund?«

Daraufhin mußte Doktor Gerber nach einigem Zögern einräumen: »Ganz gesund wird, er nie mehr werden! Das heißt: Er darf halt nie mehr einen Tropfen Alkohol trinken, sonst wäre alles umsonst gewesen. Nie mehr, Sanni, sonst ist er bald wieder da, wo er jetzt ist. Es wird also an ihm liegen, ob er mit seiner Sucht fertig wird. Aber du, Sanni, mußt ihm dabei helfen, mußt zu ihm halten, daß er das durchsteht!«

Lieber Herrgott, war das nicht doch noch ein Lichtblick, ein winziger Hoffnungsschimmer? Er war krank, und eine Krankheit konnte man doch heilen!

Wenn er dies überstanden hatte, dann würde alles anders, wieder gut werden!

Es klang fast wie ein Gelübde, als sie erwiderte: »Ja, ich werd' alles, was in meiner Kraft steht, tun! Und der Heini selber g'wiß auch, Herr Doktor. Er hat mir's ja allweil wieder g'schworen, daß er nix mehr trinkt.«

»Den Schwur wird er diesmal aber auch halten müssen, wenn er wieder in ein normales Leben zurückfinden will«, kam es sachlich vom Arzt.

Das ernüchterte die Sanni, nahm ihr die soeben aufgeflammte Hoffnung wieder. »Wie lang wird denn das alles dauern?« erkundigte sie sich beklommen.

Der alte, schon etwas gebeugte Mann hob vage die Schultern. »Das ist schwer zu sagen. Etliche Monate bestimmt. Jedenfalls müssen vorher die Gelbsucht und die Vergiftung behandelt werden. Ich bestell' den Krankenwagen. Der Heini wird davon nicht viel merken, denn ich hab' ihm was zur Beruhigung gegeben.«

Nachdem der Arzt die Stube verlassen hatte, die Sanni allein war, begann sie zu weinen. Ziemlich hilflos sah sie sich einer Situation gegenüber, der sie nicht gewachsen war, weil sie sie kaum richtig begreifen konnte.

*

Auch der Leonhard sprach mit dem Doktor. Als er danach in die Stube kam und sah' daß die Sanni sich hastig über die nassen Augen wischte, sagte der Leonhard: »Es wird schon wieder werden, Sanni! Im Krankenhaus ist er gut aufgehoben' der Heini' kriegt seine richtige Pflege, so daß er sich g'wiß bald wieder zusammenklauben wird.«

»Der Doktor meint, daß er nie mehr wieder ganz g'sund wird«, brachte sie, von einem unterdrückten Schluchzen geschüttelt, hervor.

»Doch, freilich! Bloß trinken darf er halt nix mehr!«

Zweifelnd wandte sie ein: »Glaubst du im Ernst, daß er so eine Entziehungskur machen wird? Ich glaub's net!«

»Im Krankenhaus wird er schon zur Besinnung kommen und einsehen, was gut für ihn ist.«

Sanni hob das verweinte Gesicht, sah ihn mit feuchten Augen bittend an. »Wie soll's denn jetzt weitergehen? Mit dem Hof, mein ich!«

Der Leonhard konnte ihren verzweifelten Blick nicht ertragen, senkte den Kopf, ehe er erwiderte: »Deswegen mußt dir keine Sorgen machen, Sanni. Es versteht sich von selber, daß ich bleib', bis der Heini so weit ist, daß er weiterwerken kann. Darüber brauchen wir gar nimmer reden.«

Damit wurde ihr ein Teil der drückenden Last genommen. Denn ohne den Leonhard wäre sie sich gänzlich hilflos vorgekommen. Nach kurzem Zögern fragte sie: »Hat die Kuglmüllerin eigentlich gewußt, wie es um den Heini wirklich steht?«

»Nein, net wirklich! Aber geahnt muß sie was haben, vielleicht was Derartiges befürchtet. Aber niemand hat wirklich wissen und begreifen können, daß er so krank ist. Was weiß denn unsereins schon davon?«

»Ich muß zu ihm!« stieß die Sanni hervor, erhob sich und verließ mit müden Schritten die Stube.

Als die junge Kuglmüllerin dann am Bett ihres schlafenden Mannes saß, sein gelblich verfärbtes, gedunsenes Gesicht betrachtete, drängten sich ihr beängstigende Fragen auf.

War das nicht ein völlig anderer Mensch als derjenige, den sie geheiratet hatte?

War es wirklich erst vier Monate her, seit der Heini und sie sich vor Gott und der Welt ewige Liebe und Treue geschworen hatten? So viel war in dieser kurzen Zeitspanne geschehen, daß es ihr wie eine halbe Ewigkeit erschien. Liebte sie ihn noch, oder verspürte sie nur noch Mitleid? Wieviel war von dem noch übrig, was sie für ihn empfunden hatte? Noch lag das ganze Leben vor ihr! Vor ihnen! Was für ein Mensch würde er sein, wenn er wieder heimkam? Würde sie es ertragen, ein Leben 1ang mit der Angst vor einem Rückfall zu leben?

Nun erst begriff sie, wie unerfahren und wirklichkeitsfremd sie in die Ehe hineingestolpert war, und wie wenig sich von dem, was sie sich erträumte, erhoffte, erfüllt hatte. Doch ein Zurück, ein Ausbrechen, gab es nicht; sie konnte den Weg, den sie einmal eingeschlagen hatte, nie mehr verlassen.

*

Ob es tatsächlich stimmt, daß man in der letzten Nacht des Jahres – der bedeutendsten Rauhnacht im Traum einen Blick in die Zukunft tun kann, wußte die junge Kuglmüllerin nicht, aber ein wenig abergläubisch war auch sie. Sie wollte lieber nicht träumen, und deshalb schob sie das Schlafengehen hinaus.

Es war sehr still in dem großen Haus, so daß das Ticken der Wanduhr geräuschvoll wirkte. Die Kuni und die Johanna hatten sich schon niedergelegt, und die beiden Mannsleute feierten den Jahreswechsel woanders.

Ob sie insgeheim gehofft hatte, der Leonhard würde daheim bleiben, ihr Gesellschaft leisten, darüber wagte die Sanni nicht nachzudenken.

Als der Regulator die elfte Stunde schlug, packte sie ihr Strickzeug ins Körbl. Plötzlich hörte sie, wie sich draußen jemand den Schnee von den Schuhen stieß; dann wurde die Haustür aufgeschlossen.

Das konnte nur ... das mußte der Leonhard sein! Verwunderlich war's nicht, daß sich die einsame und noch so blutjunge Frau freute, daraus auch gar kein Hehl machte, als der Leonhard die Stube betrat.

Auch in seinen Augen erschien ein warmes Leuchten, während er bemerkte: »Du bist noch auf! So ganz allein!«

»Grad hab' ich mein Strickzeug z'sammgeräumt«, erwiderte sie und lächelte ihn herzlich an. »Daß du schon heimkommst an so einem Abend? Es muß doch im Dorf hoch hergehn.«

»Für mich war's net gar so lustig«, sagte er mit bedrückter Stimme. »Ich wollt', ich wär' daheim geblieben.«

»Warum denn das?«

Sich mit dem Rücken gegen den warmen Kachelofen lehnend, rieb er sich die vor Kälte starren Hände, ehe er widerwillig gestand: »Es war mir z'wider' daß mich jeder wegen dem Heini angeredet und ausgefragt hat. Ich hätt's mir ja gleich denken können, daß so was wie ein Lauffeuer durchs Dorf geht, jeder seinen Senf dazugeben und g'scheit daherreden muß! Ich hab's einfach nimmer ausg'halten.«

Sannis Freude war wie weggewischt, ihr Gesicht wieder blaß und verschlossen. »'Ach so, ja freilich«, murmelte sie.

»Da mußt dir net viel denken, Sanni! Man weiß ja, wie die Leut' sind«, sagte er und merkte selbst, wie hohl und schal dies klang. »Sie reden halt.«

Ohne darauf einzugehen, fragte sie unvermittelt: »Soll ich dir einen heißen Tee machen zum Aufwärmen?«

»Naa, Sanni! Vergelt's Gott!«

Daraufhin erhob sie sich abrupt. »Ich geh' schlafen; es ist eh höchste Zeit.« Sie warf einen Blick hinauf zum Regulator.

Spontan trat der Leonhard auf die Sanni zu, streckte ihr die Hand entgegen. »Nachher möcht' ich dir halt noch alles Gutes fürs Jahr wünschen.«

Als sich seine Rechte mit festem, vertrauenerweckendem Druck um ihre schloß, war es um Sannis ohnehin nur noch mühsam aufrechterhaltene Beherrschung geschehen. Sie schluchzte auf, Tränen rollten über ihre Wangen.

Es ist unklar, wie es geschah, wer den ersten Schritt tat. Jedenfalls hielt der Leonhard auf einmal die von Schluchzen geschüttelte Kuglmüllerin in den Armen und murmelte beruhigende, tröstende Worte.

Eine Weile überließ sich die Sanni dieser so wohltuenden Umarmung, die nichts anderes verriet, als daß es da einen Menschen gab, der sie verstand, der mit ihr fühlte und litt, zu dem sie Vertrauen haben konnte. Es tat so unendlich wohl, sich diesem Gefühl zu überlassen, sich einfach ausweinen zu dürfen wie ein Kind, und dabei dem dunklen, warmen Klang dieser Stimme zu lauschen.

»Wein dich nur aus, Sanni, das hilft! Es wird schon wieder werden. Ich helf, dir, stehe zu dir. Du bist net allein. Es geht allweil weiter!« Es war ihm kaum bewußt, was er sagte. Denn gewaltsam mußte er die Zärtlichkeit unterdrücken, die ihm die Brust zu sprengen drohte, die Zärtlichkeit, die er der Frau eines anderen nicht geben durfte. In diesem Augenblick wurde ihm klar, was er für die Sanni empfand, und daß er das für immer für sich behalten mußte.

Sanni faßte sich allmählich, erkannte, daß es höchste Zeit war, sich aus Leonhards starken Armen zu lösen, die ihr doch nichts anderes als freundschaftliche Stütze sein durften. »Es tut mir aufrichtig leid, Leonhard. Weißt, ich …«

»Du brauchst dich net zu entschuldigen«, fiel er ihr mit rauher Stimme ins Wort. »Ist dir jetzt ein wengl wohler?«

Sich die Tränen abwischend, zuckte sie nur mit den schmalen Schultern. Dann zwang sie sich zu einem bejahenden Nicken. »Ja, ich glaub' schon. Vergelt's Gott, Leonhard, und nix für ungut. Es ist jetzt wohl besser, ich leg' mich nieder. Gut' Nacht!«

»Gut' Nacht, Sanni!« Er schaute ihr nach, als sie, ohne sich noch einmal nach ihm umzusehen, die Stube verließ.

Die letzten Minuten des alten Jahres krochen langsam dahin. Fröstelnd schlüpfte die Sanni ins

Bett. Beim ersten verschwommenen Hall der Kirchenglocken, der Böllerschüsse, die das neue Jahr ankündigten, zog sie sich die Decke fest über den Kopf.

*

Seit der Kuglmüller-Heini im Krankenhaus lag, hielt die Kuni ihre Zunge besser im Zaum, begegnete auch der jungen Bäuerin mit mehr Respekt. Doch sie nutzte ihre Schwangerschaft, die ihr in keiner Weise zu schaffen machte, recht ungeniert aus, um sich vor unliebsamen Arbeiten zu drücken.

Es entging ihren wachsamen Augen nicht, wie niedergeschlagen die Sanni wirkte, als sie von ihrem ersten Krankenbesuch aus der Kreisstadt heimkam. Die Kuni bezweifelte deshalb auch, daß es der Wahrheit entsprach, was sie auf ihre Frage hin, wie es dem Bauern gehe, von der Sanni hörte.

»Es geht ihm schon viel besser«, sagte die junge Kuglmüllerin.

Nein, das konnte die Kuni nicht so recht glauben. Hätte die Bäuerin nicht strahlen müssen über die rasche Besserung? Irgend etwas lastete doch auf ihrem Herzen!

Die Sanni dachte nicht daran, ihren Dienstboten zu erzählen, was tatsächlich bei dem Besuch ihres Mannes geschehen war. Nur beim Leonhard konnte sie sich aussprechen …

»Es war schlimm«, berichtete sie, als sie mit ihm allein war. »Der Heini nimmt mir's übel, daß ich ihn ins Krankenhaus hab' bringen lassen. Er behauptet, ich hätt' ihn loswerden wollen, hätt' ihn abgeschoben. Er sieht's net ein, daß er schwer krank ist und möcht' unbedingt heim.«

»Ich hab' fast so was befürchtet«, gab der Leonhard zu. »Was sagt denn der Doktor, der ihn behandelt?«

»Daß er ihn ganz unmöglich entlassen kann, er unter Entzugserscheinungen zu leiden hat, weil ihm der Alkohol abgeht«, antwortete die Sanni verzagt. »Und daß er unbedingt eine Entziehungskur machen muß, wenn er wieder g'sund werden will.«

»Weiß denn das alles der Heini nicht auch schon selber?«

»Er behauptet steif und fest, er sei kein Säufer, würd, ohnehin nix mehr trinken. Damit wär's ein für allemal vorbei, sobald er wieder heimkommt.« Resigniert fuhr sie fort: »Aber der Doktor meint, daß er sofort wieder mit dem Trinken anfangt, weil er ohne diese … diese Kur gar net anders kann!« Tränen stiegen in ihre Augen, als sie hinzufügte: »Wirklich, Leonhard, wenn's so weitergeht, nachher weiß ich mir keinen Rat nimmer.«

Was sollte er daraufhin sagen, wie sie trösten?

»Es wird schon wieder werden, Sanni«, murmelte er schließlich. »Man darf die Hoffnung net aufgeben.«

Sie hätte sich gern an ihn gelehnt, einen kurzen Moment alle Sorgen und Nöte vergessen. Doch das verbot sie sich. Seit jenem Silvesterabend vermieden sie beide geradezu ängstlich jegliche körperliche Berührung.

Erst in ihrer Schlafkammer ließ die Sanni ihren Gefühlen freien Lauf, weinte über ihr vergeudetes Leben, in dem es keine glückliche Stunde mehr zu geben schien.

Die Sanni wußte nicht recht, was sie sich von einem Besuch daheim bei ihren Eltern erhofft hatte. Viel ganz gewiß nicht. Sie wollte sich halt nur einen Rat holen, um dann vielleicht doch ein wenig getröstet und erleichtert wieder heimgehen zu können. Sie hatte ja, außer dem Leonhard – und er war letztlich doch auch nur ein Mannsbild – niemanden, mit dem sie sich unterhalten, dem sie sich mitteilen konnte.

Was sie jedoch zu hören bekam, waren nur Phrasen. Man erklärte ihr wortreich, aber unmißverständlich, daß ihr Platz an der Seite ihres Ehemannes sei, mit dem sie das schwere Kreuz, das der Herrgott ihnen auferlegt habe, tragen müsse. Und das klaglos und stillschweigend, ohne Aufhebens davon zu machen.

Nun waren die Amrainerin und ihr Mann, der Kaspar, gewiß keine hartherzigen oder rücksichtslosen Menschen. Althergebrachte, fest eingefahrene Moralbegriffe veranlaßten sie zu dieser Haltung. Nicht zuletzt auch ein starker, unverrückbarer Glaube an den Herrgott, der schon wissen würde, für was alles gut war.

Die Leni, Sannis ältere Schwester, hielt ihrer Mutter später vorwurfsvoll entgegen: »Das habt ihr nun davon, daß ihr sie in diese Heirat habt einirumpeln lassen!« Sie hatte mit dieser Vorhaltung gewartet, bis die Sanni wieder gegangen war; sie wollte ihr das Herz nicht noch schwerer machen.

»Was heißt denn: einirumpeln lassen? Wer hat denn so was ahnen können?« gab die Amrainerin eher kleinlaut als aufbegehrend zurück.

»Man hat doch gewußt, daß mit dem Kuglmüller-Heini net alles so war, wie's hätt' sein sollen. Hätt' man die Sanni net so gedrängt mit der Heirat, nachher wär sie g'wiß auch dahintergekommen. – Aber naa, es hat ja so über die Maßen pressiert! Und jetzt hat sie den Schlamassel! Keiner kann ihr mehr helfen!«

Sichtlich betreten, versuchte die Amrainerin abzulenken: »Na ja, vielleicht wird bald alles anders. Die Sanni hat doch g'sagt, daß es eine Krankheit ist, die …«

»Geh zu, Mutter, mach dir nix vor! Es ist auf alle Fälle eine Mordssauerei, was man mit dem armen Dirndl getrieben hat! Doch da sieht man's wieder: Geld regiert die Welt! Und auf einmal will's keiner gewesen sein, macht jeder seine Augen ganz fest zu!«

Weil sie ohnehin schon genug litt, auch wenn sie das nicht zugegeben hätte, verließ die Amrainerin fluchtartig die Küche, doch in der Stube trafen sie die nicht minder anklagenden Blicke ihres Mannes.

Nach dem Besuch bei den Eltern sah die Sanni ein, daß sie mit ihrem schweren Schicksal allein fertig werden mußte. Sie war an einen Mann gekettet, für den sie nur noch Mitleid empfand, und erst der Tod wurde diese Fessel lösen.

Der Tod … Verwunderlich war's nicht, daß sie in ihrer Ausweglosigkeit mit dem Gedanken zu spielen begann. Der Tod schien ihr die einzige Möglichkeit zu sein, aus diesem freudlosen Dasein auszubrechen. Und bald schon hatte der Gedanke an den Tod nichts Beängstigendes, Erschreckendes mehr, sondern wurde ihr immer vertrauter.

Doch da geschah etwas, was die Sanni plötzlich wieder aufleben und hoffen ließ. Das Schicksal hatte sie also nicht ganz vergessen. Sie erfuhr, daß sie guter Hoffnung war!

Wenn der Heini erst wußte, daß sie ein Kind erwartete, einen Hoferben, den er sich so sehnlichst gewünscht hatte, dann mußte alles wieder gut werden!

Die Sanni war vor Freude schier außer sich. Ihre aufkeimenden Gefühle für den Leonhard fielen wie ein rasch aufgeflackertes Strohfeuer in sich zusammen. Ihr ganzes Denken und Fühlen und all ihre Hoffnung richteten sich nun auf das Kind.

So trat die junge Bäuerin ihre zweite Fahrt in die Kreisstadt voller Zuversicht an; sie versprach sich sehr viel von diesem Besuch bei ihrem Mann. Wenn jeder das seinige dazu tat, dann mußte doch die Wende kommen! Sie selber war voll des guten Willens.

Nun erst, bei ihrem zweiten Besuch im Krankenhaus, fiel der Sanni die dickgepolsterte Tür auf, die ins Zimmer ihres Mannes führte. Ein leises Frösteln rann der jungen Kuglmüllerin über den Rücken.

Zu ihrer Erleichterung stellte sie schon auf den ersten Blick fest, um wieviel besser der Heini aussah. Das Gesicht war nicht mehr gedunsen, und ohne die gelbliche Hautfarbe hätte er fast wieder so jungenhaft wie früher gewirkt.

Die Sanni überging seine mürrische Begrüßung, die keinerlei Freude über ihren Besuch verriet. »Gut schaust aus, wirklich …«

»Drum frag ich mich, warum ich noch länger dableiben soll«, unterbrach er sie ungeduldig.

»Dieses Medikamentenzeug kann ich auch daheim einnehmen.«

Ihm eine braune Haarsträhne aus der Stirn streichend, beugte die Sanni sich nahe zu ihm und flüsterte mit vor Glück schwankender Stimme: »Heini, du mußt wieder ganz gesund werden! Für unser Kindl, das seinen Vater braucht!« Dabei schlug ihr das Herz bis zum Hals, und sie glaubte, vor Freude und Stolz schier ersticken zu müssen.

Zuerst betroffen, dann ungläubig, schließlich aber ganz überwältigt, brachte er mit rauher, unsicherer Stimme hervor: »Ist das wahr, Sanni? Du bist in Umständ'? Ich werd einen Buben haben?«

Hastig fiel sie ihm ins Wort: »Ja, unser Doktor Gerber hat mir's bestätigt' daß es stimmt. Gelt, Heini, jetzt wird alles gut werden!«

Da legte er die Arme um sie, klammerte sich an sie und flehte: »Nimm mich mit heim! Ich schwör's, ich rühr' nix mehr an! Jetzt nimmer, ganz g'wiß net! Glaub mir' ich kann mich jetzt beherrschen!«

Sie durfte sich von diesen von ihm gewiß sehr ernst gemeinten Versprechungen nicht täuschen lassen. Geduldig und voller Nachsicht hielt sie ihm vor Augen: »Heini, du mußt einsehen und zugeben, daß du krank bist, schwer krank ...«

»Ich bin kein Säufer!« lehnte er sich auf.

»Du bist krank! Ohne ... ohne Kur wirst diese Sucht net los, sie ist viel stärker als du! Es dauert seine Zeit, bis das ganze Gift aus deinem Körper verschwunden ist. Und deswegen ist die Kur unbedingt notwendig. Ich bitt' dich, tu's für unser Kindl! Schau, das Schlimmste hast du ja schon überstanden, hinter dir …«

Plötzlich begann er zu weinen, klammerte sich noch fester an sie und stöhnte: »Du weißt ja net, wie furchtbar das ist … Was ich durchstehen muß …« Sein Körper bebte wie der eines sterbensunglücklichen Kindes.

»Drum mußt alles tun, um es loszuwerden, ganz und für alleweil», sagte sie energisch. «Du darfst dich davon net umbringen lassen! Wir können es doch so schön mitnander haben!«

Sie redete noch weiter auf ihn ein, dabei drehte sich ihr das Herz vor Mitleid fast um, aber auch vor Angst. Es war erschütternd, ihn so hilflos wie ein Kind weinen zu sehen. Mußte sie ihm da nicht alles verzeihen, was er ihr angetan hatte?

Endlich beruhigte der Heini sich; gleichzeitig begann er sich seiner Schwäche zu schämen. Und schließlich gab er zu: »Ich glaub', Sanni, du hast recht. Ja, ich mach' diese Kur … diese Entziehungskur!« Endlich, endlich hatte er es über die Lippen gebracht und damit seine Sucht akzeptiert. »Aber es wird gewiß lang dauern. Wirst denn daheim ohne mich zurechtkommen?«

Die Sanni atmete befreit auf: »Bloß acht bis zehn Wochen, Heini! Die gehen schnell vorbei.

Und bis dahin kümmert sich schon der Leonhard um alles.«

Er schien etwas einwenden zu wollen, doch er schwieg.

Also fuhr sie eindringlich und aufmunternd fort. »Wenn du wieder g'sund bist, brauchen wir ihn nimmer, dann sucht er sich was Eigenes!« Obwohl es ihr wie Verrat vorkam, fügte sie hinzu: »Für das, was ihm deine Mutter selig vermacht hat, kann er die kurze Zeit schon noch bleiben und sich um den Hof annehmen!« Sie wollte ja nur, daß alles wieder gut wurde. Und vielleicht mußte sie sich auch selbst überzeugen und überreden …

Heinis geradezu trotziges und herausforderndes: »Aber hernach laß ich mir von niemand mehr was dreinreden!« machte die Sanni froh und glücklich. Denn er schien wieder an die Zukunft zu denken.

Ehe sich die junge Kuglmüllerin einige Zeit später von ihrem Mann verabschiedete, äußerte er noch eine recht seltsame Bitte: »Mir wär's doch lieber, Sanni, du besuchtest mich nimmer, solang ich noch … noch krank bin. Du verstehst … das Heimweh jedesmal hernach …«. Den wahren Grund, daß sie ihn nicht wieder in dieser oder einer anderen deprimierenden Umgebung sehen sollte, verschwieg er; ebenso die Angst vor den körperlichen Leiden, die ihm noch bevorstanden.

»Na ja, wenn es dir wirklich lieber ist«, erwiderte sie sichtlich enttäuscht. Für sie selber wären diese Besuche wichtig gewesen. »Du kannst mir ja schreiben, wennst es dir anders überlegst. Ich komm' gern.«

Der Arzt, mit dem die Sanni dann kurz darauf sprach, war erleichtert, als er hörte, daß sein Patient sich nun doch zu einer Entziehungskur bereit erklärt hatte. »Ich hoffe sehr, wir haben damit Erfolg!«

»Um Gott's willen, Herr Doktor, ist denn das noch net g'wiß?« fragte sie bestürzt.

Daraufhin konnte er nur wiederholen, was sie bereits von Doktor Gerber wußte: daß ihr Mann noch lange in der Gefahr schweben würde, rückfällig zu werden, und ein einziges Glas genügte, alles zunichte zu machen, ihn erneut in die Sucht zu treiben. »Wir können ihn nicht gänzlich heilen. Das muß er letztlich selber tun! Aber Sie können ihm dabei helfen. Sie fangen am besten damit an, daß absolut nichts Alkoholisches in Ihrem Haus ist. Es darf nichts dergleichen in seiner Nähe sein!«

Die Sanni nickte. Sie wurde das Gefühl nicht los, bald für zwei Kinder sorgen zu müssen. Doch sie wollte sich nicht entmutigen lassen.

*

Es konnte im Kuglmüllerhof nicht lange verborgen bleiben, daß die Bäuerin ein Kind erwartete, denn sie hatte von Anfang an unter ihrer Schwangerschaft zu leiden.

Während der Leonhard froh über diese Schwangerschaft war, weil er hoffte, nun leichter über seine unselige Liebe hinwegzukommen, flammten in der Kuni Neid, sogar Haß auf die Bäuerin auf. Die Kuni befürchtete wohl nicht ganz zu Unrecht, der Heini wurde nun über ihr Kind noch weniger erfreut sein. Sie war schon ziemlich unförmig geworden, obwohl die Geburt des Kindes erst Ende April bevorstand.

Ihren missgünstigen, lauernden Blicken blieb das sonderbar vertraute Verhältnis, das zwischen der Bäuerin und dem Leonhard herrschte, nicht verborgen. Aber so scharf die Kuni auch aufpaßte, es war nichts Anrüchiges auszukundschaften. Dennoch mußte es da etwas geben, etwas, das sich mehr erahnen als handfest beweisen ließ. Sie würde schon noch dahinterkommen! Liebend gern hätte sie diesen beiden, von denen sie einen so wenig mochte wie den anderen, etwas am Zeug geflickt.

Unterdessen wartete die Sanni vergeblich, daß ihr Mann sie um einen Besuch bat. Nur einmal hatte er ihr eine Ansichtskarte geschrieben, auf der er ihr in wenigen dürren Worten mitteilte, es gehe ihm gut und er freue sich aufs Heimkommen.

Mit wachsender Sorge mußte die Sanni bei sich eine beklemmende Veränderung feststellen: Je naher der Zeitpunkt von Heinis Rückkehr rückte, desto mehr fürchtete sie sich davor! Ihre Angst, daß alles umsonst gewesen sein könnte, es wieder so wie vorher würde, wuchs mit jedem Tag. Und da gab es noch etwas, was sie mit Schrecken bemerkte: Je mehr sie sich auf ihr Kind freute, um so weniger empfand sie für ihren Mann!

Sie begann sich gegen diese zunehmende Gleichgültigkeit zu wehren, versuchte sich immer wieder einzureden, daß sie die Rückkehr ihres Mannes herbeisehne.

*

Der März kam mit Föhnstürmen, ließ Lawinen donnernd zu Tal stürzen und ließ den Schnee rasch schmelzen. Die ausgeaperten Wiesen und Felder dampften im Sonnenschein, indes sich die südseitigen Hänge und Leiten bereits mit einem zartgrünen Schleier überzogen. Mit jedem der länger werdenden Tage erwachte neues Leben, drängte und schob sich dem Licht entgegen.

Nun machte sich die Kuglmüllerin mit eiserner Entschlossenheit daran, alle Flaschen, die Alkoholisches enthielten, aufzustöbem und zu vernichten.

»Jessas, naa, Bäuerin, schad' ums Geld, was das alles gekostet hat«, jammerte die Kuni, die ihr zur Hand ging. »Könnten wir net ... ?«

»Nein, kommt net in Frage!« Es hatte keinen Sinn, den wahren Sachverhalt vor den Dienstboten zu verheimlichen. Deshalb erklärte sie entschieden: »Mir ist das Zeug eh aus tiefster Seel' z'wider, nachdem ich mit eigenen Augen gesehen hab', was es anrichtet! Ich will keinen Tropfen davon mehr im Haus haben! Ein einzigs Glasl könnt' den Bauern auf einen Schlag wieder rückfällig machen, und alles wär' umsonst gewesen.«

»Herrje, Bäuerin, was du net sagst! Ist's wahr?« entfuhr es der Kuni erschrocken.

»Das hat mir der Doktor gesagt, und der muß es ja schließlich wissen. Schütt nur alles weg! Wenn nix da ist, ist die G'fahr net so groß, daß der Bauer wieder in Versuchung kommt!«

Zwei Kisten Wein brachte der Bertl dann jedoch zu ihren Eltern in den Amrainerhof; dieses edle Getränk fortzuschütten, widerstrebte der Sanni. Bei ihr daheim, das wußte sie, kam keiner in Versuchung, zuviel zu trinken; dafür sorgte schon die Mutter.

Es hatte auch keinen Zweck, die Augen vor der Gefahr zu verschließen, so zu tun, als wäre nichts geschehen. Auch wenn es ihr noch so peinlich war, alle Dienstboten mußten es wissen, daß der Bauer keinen Tropfen mehr anrühren durfte.

Auch der Leonhard gab diesbezüglich Anordnungen. Es sollte sich keiner mit einer Flasche erwischen lassen!

Er hoffte um Sannis willen, zu der es für ihn nie einen Weg geben konnte, daß sich alles zum Guten wenden würde. Doch er sah ihre Nervosität, die zunahm, je näher Heinis Heimkehr rückte. Er war weit davon entfernt, Genugtuung zu empfinden, als er merkte, daß ihre Angst weitaus größer war als ihre Freude auf das Wiedersehen.

Er selber wünschte sich nichts sehnlicher, als den Kuglmüllerhof so bald wie möglich verlassen zu können, um endlich sein inneres Gleichgewicht, seine Ruhe wiederzufinden. Hier, in Sannis ständiger Nähe, konnte er von seiner Liebe zu ihr nicht geheilt werden.

Und dann war es soweit. Der Kuglmüller-Heini durfte wieder heim.

Im Haus duftete es nach festlichem Essen. Für die Heimkehr des jungen Bauern hatte die Johanna dessen Leibspeise zubereitet: Leberknödelsuppe und ein Nierenbratl.

Immer wieder huschte die Sanni – die Schwangerschaft war ihr noch kaum anzusehen – von Fenster zu Fenster und hielt nach dem Taxi Ausschau, mit dem ihr Mann kommen sollte.

Draußen schien die Sonne vom blauen Märzhimmel. Die buntschillernden Stare, soeben von ihrem langen Flug zurückgekehrt, pfiffen und schnackelten um die Wette, spreizten die gesprenkelten Flügel. Auf den Wiesen hatten die Krokusse ihre weißen Kelche geöffnet, der Huflattich streckte seine goldgelben Blütenköpfchen am Wegrain neben schmutziggrauen Schneeresten hervor, und an der sonnigen Südseite des Hauses blühten die ersten Veilchen.

Das Gesinde hatte seine Mittagsmahlzeit bereits beendet, und die Johanna begann um ihre Leberknödel zu bangen, die längst im Sud tanzten, und um das Nierenbratl, das im Rohr schmurgelte.

»Er kommt! Jessas, er kommt! Der Bauer kommt!« kreischte die Kuni, die die Staubfahne auf der Landstraße entdeckte.

Um ihrem Mann neugierige und peinliche Blicke zu ersparen, schickte die junge Kuglmüllerin ihre Dienstboten wieder an die Arbeit, trat allein vor die Haustür, als das Taxi in den Hof fuhr. Längst hatte ihr Herz aufgeregt zu klopfen begonnen, spürte sie ein schmerzliches Ziehen in der Brust, und nun stieg doch Freude in der Sanni auf, und sie vergaß ihre Ängste und Zweifel.

Endlich war ihr Mann wieder daheim! Und er sah gut aus, besser denn je, was nur bedeuten konnte, daß er völlig gesund sein mußte.

Mit einem glücklichen: »Heini, ich freu mich, daß du wieder da bist!« fiel die Sanni ihm um den Hals. »Geht's dir wieder gut?«

»Jetzt, wo ich wieder daheim bin, könnt's mir gar net besser gehen. Sanni, ich bin froh, daß alles vorbei ist!« gestand der Heini mit einem tiefen, befreiten Aufatmen. »Und wie geht's dir und unserem Buben?« erkundigte er sich mit einem breiten Schmunzeln.

In diesem Augenblick kam die Johanna heraus, umarmte den jungen Bauern herzlich und sagte rauh, um ihre Rührung zu unterdrücken: »Wie man sieht, hat die Erholung recht gut angeschlagen! G'sund schaust aus! Aber jetzt komm herein, sonst ist meine ganze Kocherei für die Katz' gewesen!«

Als man in die Stube hineintrat, stand die Kuni in ihrer ganzen unübersehbaren Breite da und blickte dem Heimgekommenen erwartungsvoll entgegen.

Der Kuglmüller-Heini konnte seine Verlegenheit nicht ganz verbergen, zwang sich zu einem burschikosen: »No, bei dir hat die Zeit auch ganz gut angeschlagen!« Er bemühte sich, an ihrem gewölbten Leib vorbeizusehen. Besitzergreifend legte er den Arm um die Schultern seiner Frau, so als wollte er gleich von Anfang an klare Fronten schaffen, ja keine Mißverständnisse aufkommen lassen.

Die Kuni wußte zwar nicht, was sie genau erwartet hatte, doch so billig brauchte er sie auch nicht abzufertigen. Sichtlich beleidigt wandte sie sich um und verließ mit gemessenen Schritten die Stube.

Nachdem sich der Heini an den Tisch gesetzt hatte, sagte er mit einem verschmitzten Schmunzeln, einem Augenzwinkern: »Jetzt wär' ein Schluck zum Willkomm' net schlecht!«

Sannis Gesicht zuckte sofort zusammen, wirkte plötzlich wie gefroren. »Jessas, Heini!l« entfuhr es ihr.

Er lachte sorglos auf. »Geh zu, das war doch bloß ein Scherz!«

»Aber ein sehr schlechter! Hast du mich erschreckt!« murmelte sie, war immer noch ganz bestürzt.

Als nun der Leonhard hereinkam – er hatte sich bis jetzt absichtlich etwas zurückgehalten –, sprang der Heini auf. Er begrüßte den Ziehbruder so herzlich und überschwenglich, als hätte er sich auf das Wiedersehen mit ihm ganz besonders gefreut, als hätte es nie Zwistigkeiten zwischen ihnen gegeben. Der Heini schien tatsächlich ein anderer Mensch geworden zu sein; diese Kur mußte wahre Wunder gewirkt haben!

»Ich muß schon sagen, Heini, dich haben sie sauber z'sammgerichtet! Schier nimmer zum Erkennen.« Der Leonhard staunte und war ehrlich erfreut. »Kerngesund schaust aus. Da wirst dich ja nachher gleich in die Arbeit einistürzen?! Draußen gibt's ja jetzt genug zu tun.«

»Man soll nix überstürzen! Die Arbeit läuft mir net davon. Du wirst uns doch jetzt net gleich von einem Tag auf den andern im Stich lassen?« Das hatte arglos geklungen.

Einigermaßen überrascht meinte der Leonhard daraufhin: »Na ja, Heini, freilich net. Aber die Sanni hat halt meint' daß du jetzt gleich selber ...«

»Öha' langsam«, unterbrach der junge Kuglmüller ihn mit gutmütigem Lachen, »das ist meine Sach'! Da laß ich mir von meiner Bäuerin nix dreinreden. Das machen wir zwei schon mitnander aus.«

Die Sanni wußte nicht recht, was sie davon halten sollte. Sie war jedoch viel zu erleichtert über die heitere, aufgeräumte Art ihres Mannes, sein gutes Befinden, um darüber länger nachzudenken. Mußte sie nicht froh und glücklich sein, daß alles gut vorübergegangen war?

Sie war fest davon überzeugt, daß man nun neu beginnen konnte und es ihnen diesmal gelingen würde, ihr gemeinsames Leben zu meistern. Alles, was in ihren Kräften stand, wollte sie dazu beitragen.

Der Leonhard ahnte jedoch schon jetzt, daß es wohl nicht so schnell gehen würde, bis er den Kuglmüllerhof verlassen konnte.

*

Das herrliche Vorfrühlingswetter hielt an, doch der Kuglmüller-Heini zeigte auch noch nach Tagen keine sonderliche Lust, sich an den anfallenden Arbeiten zu beteiligen. Er half nur ab und zu mit, langte da und dort kurz zu, schaute nach dem Rechten, ohne jedoch eine wirklich nutzbringende Aufgabe zu übernehmen. Es wurde auch kein Wort mehr darüber gesprochen, wie lange sein Ziehbruder noch bleiben sollte. Entscheidungen wurden nach wie vor vom Leonhard getroffen, ohne daß der Heini auch nur versucht hätte, dessen Platz zu übernehmen, an seine Stelle zu treten.

Die Sanni wollte ihren Mann nicht zur Arbeit drängen, sie war zu erleichtert und froh über das Erreichte, um darüber hinaus große Ansprüche zu stellen. Hauptsache, er trank nicht mehr! Irgendwann würde er sich in seine Aufgabe schon hineinfinden.

Noch immer mußte sie sich an den Leonhard halten, wenn sie ein Anliegen hatte, etwas getan, eine Entscheidung gefällt werden sollte.

Dies alles registrierte die Kuni mit kühl berechnendem Blick, beobachtete und gab die Hoffnung, ihre Stunde würde schon noch kommen, nicht auf. Oh, nein, sie dachte gar nicht daran, den Rest ihres Lebens stillzuhalten, sich zu dukken. Irgendwann mußte sich das Blatt wenden; man konnte im Leben alles erwarten …

Es bohrte und fraß in ihr, daß der Heini so tat, als wäre zwischen ihnen nie etwas geschehen. Er überging sie ganz einfach, schien ihren Zustand nicht einmal wahrzunehmen.

Ständig lauerte sie auf eine Gelegenheit, sich beim Bauern wieder ins rechte Licht zu setzen.

Sie sah eine Gelegenheit, als die Bäuerin mit dem Leonhard ins Dorf zum Einkaufen gefahren war. Wie zufällig machte sie sich in der Stube zu schaffen, wo der junge Kuglmüller saß und in der Zeitung las.

Wieder nahm er keine Notiz von der Kuni, bis sie schließlich in unverkennbar anzüglichem Ton bemerkte: »Dir scheint's ja net viel auszumachen, daß die zwei noch allweil so tun, als wenn's dich gar net gäb'.«

Betroffen, aber auch argwöhnisch fuhr der Heini auf: »Wie meinst denn das? Willst damit was Bestimmtes sagen?«

»Ich will gar nix sagen, denn mich geht's ja schließlich nix an«, tat sie auf einmal abweisend.

Er spürte, daß sie ihn herauszufordern versuchte, wollte ihr diesen Gefallen nicht tun. Er vertiefte sich erneut in seine Zeitung, als gäbe es nichts Interessanteres.

Lange hielt es die Kuni nicht aus, ihr gehässiges Mundwerk zu halten. Plötzlich rumpelte es ihr heraus: »Oder g'hört es sich vielleicht, daß sich die Bäuerin vom Leonhard herumkutschieren läßt, wo du jetzt wieder daheim bist? Ich an deiner Stell' wär' da schon vorsichtiger!«

Der Heini knallte die Zeitung auf den Tisch, stieß gereizt hervor: »Jetzt machst aber einen Punkt!«

Aha, der Hafen war schon am Kochen und Brodeln. Schnippisch, mit boshaftem Lächeln erwiderte sie: »Na ja, du mußt dir ja deiner Sach' recht sicher sein.«

Er versuchte, sich zu beherrschen, diesem Disput ein Ende zu machen und sagte mit Nachdruck: »Die Sanni ist schwanger.«

»Fragt sich bloß, von wem!« entfuhr es der Kuni. Sofort danach erschrak sie über die eigene Courage.

Wie vom Blitz gestreift saß der Heini da, das Gesicht plötzlich aschfahl. Er hatte an dem dicken Brocken zu würgen, der ihm in der Kehle steckte. Endlich brachte er tonlos hervor: »Du nimmst dein Maul ein wengl arg voll! Dafür sollt' man dich aus dem Haus jagen, denn das braucht man sich auch von dir net g'fallen zu lassen.«

Zorn, Eifersucht und Angst vernebelten der Kuni den Verstand, so daß sie ihm unbeherrscht entgegenhielt: »Ein Glück, daß sich so was nie genau nachrechnen laßt. Kinder können ein wengl zu früh, aber auch zu spät kommen! Doch jedes Mannsbild wär mißtrauisch, wenn seine Frau ausgerechnet dann schwanger wird, wenn er gar net daheim ist!« Damit trabte sie trotz ihrer Leibesfülle mit erstaunlicher Behendigkeit aus der Tür. Sie hatte ihm – das hoffte sie – einen Hieb versetzt, den er nicht so leicht verwinden würde.

Während der junge Kuglmüller vor sich hin starrte, dröhnte ihm das Blut so laut in den Ohren, daß er glaubte, der Schädel müsse ihm zerspringen. Er war unfähig einen klaren Gedanken zu fassen, denn all seine Überlegungen schienen sich zu einem zähen, giftigen Brei zu formen, der jegliche Vernunft erstickte. Obwohl dem Heini der Schweiß aus allen Poren brach, rann ein eiskaltes Frösteln über seinen Rücken und seine Hände wurden von einem krampfartigen Zittern befallen.

Plötzlich sprang er auf, eilte mit langen Schritten zum eingemauerten Wandschränkchen, riß hastig das bemalte Türchen auf.

Außer verschiedenerlei Gläsern, Stamperln und einer leeren Schnupftabakdose befand sich nichts im Kastl.

Einen Fluch zwischen den zusammengebissenen Zähnen hervorstoßend, warf er das Türchen enttäuscht wieder zu. Ein gehetzter, angespannter Ausdruck erschien auf seinem Gesicht, als er sich suchend umsah; das Zittern wurde immer stärker, so, als würde er vom Fieber geschüttelt.

Er brauchte etwas zu trinken, jetzt und sofort, wollte er an diesem inneren Aufruhr, der in ihm tobte, nicht ersticken! Er rannte aus der Stube, den Hausgang entlang und stürmte hinab in den Keller.

Die nackte Birne, die von der Decke hing, vermochte diesen langgezogenen Raum nur schwach zu erhellen. Der Keller war mit Regalen und Kisten, aber auch mit allerhand Gerümpel vollgestellt war.

Angestrengt irrte Heinis Blick hin und her. Der Platz in den Regalen, wo ehemals die Getränke gelagert waren, war leer. Nicht ein einziges Bierflaschl fand sich mehr.

»Der Ballon!« erinnerte er sich. »Ja, die große bauchige Korbflasche, aus der man den Obstler abgefüllt hatte!

Leer! Himmiherrgottsakra, auch der Ballon war leer!

Als er die verstaubte Korbflasche mit dem Fuß fortstieß, tauchte plötzlich die Kuni lautlos im dämmrigen Zwielicht auf. »Was suchst denn, Bauer?«

Erschrocken wandte der Heini sich um. Und nun war sein Gesicht zu einer mitleiderregenden Grimasse verzogen. Wie von heftigen Schmerzen gepeinigt, stöhnte er: »Was zu trinken … bloß was zu trinken … einen einzigen Schluck.« Er sah sie flehend an, hob bittend die heftig zitternden Hände. »Kuni, um alles in der Welt, bloß einen einzigen Schluck!«

Die hochschwangere Magd betrachtete ihn mit mitleidslosen Augen, rührte sich nicht, schien sich an seiner entwürdigenden Lage zu weiden, kostete sie aus.

»Ich bitt' dich, Kuni, so hab' doch Erbarmen mit mir!«

»Hat mit mir einer Erbarmen?« stieß sie hart hervor. Endlich einmal mußte nicht sie um etwas bitten! Jetzt war sie es, die jemanden in der Hand hielt, und sie genoß dieses Gefühl der Macht. Jetzt konnte sie es dem Heini heimzahlen, sich dafür rächen, daß er sie beiseitegeschoben, ihr sogar gedroht hatte, sie hinauszuwerfen!

»Alles kannst von mir haben, wennst mir bloß einen Schluck gibst, Kuni! Bitte!«

»Was kann ich denn von dir schon haben? Ha?« kam es mit eiskalter Grausamkeit aus dem Halbdunkel. »Gar nix, weil du viel zuviel Angst vor deiner Sanni hast!«

Was sie daraufhin tat, geschah aus Haß auf die Bäuerin. Warum sollte die glücklich sein, wenn sie selber es nicht war?

Mit dem gehetzten und zugleich lauernden Blick eines Wahnsinnigen beobachtete der Kuglmüller-Heini die Kuni, die sich schwerfällig zwischen Lattenkisten und dem herumstehenden Gerümpel hindurchzwängte und sich dann an einem Stapel alter Schachteln und Kartons zu schaffen machte.

Ja, sie hatte etwas! Gleich würde diese fürchterliche Qual ein Ende haben!

»Gib her!« ächzte er, als sie ein irdenes Krugel hochhielt, das hochprozentigen Inhalt versprach.

Aber die Kuni wollte ihren Triumph noch ein wenig auskosten, ihn noch bitten und betteln lassen. Sie hatte jedoch nicht mit der wiedererwachten Gier des Süchtigen gerechnet.

Schon war der Heini bei ihr, sprang sie an wie ein wildes Tier, als sie das Begehrte, wohl um ihn noch mehr zu reizen, hoch über ihren Kopf hielt. Gewaltsam zerrte er ihren Arm herab, entwand ihr das Krugel und versetzte ihr dann einen so brutalen, heftigen Stoß, daß sie das Gleichgewicht verlor und rücklings mit voller Wucht auf einer Holzkiste aufprallte.

Das irdene Krugel in den zitternden Händen, vergaß er die Kuni, überhörte ihren erschreckten, durchdringenden Aufschrei. Mit den Zähnen riß er den Korken heraus, setzte das Krugel an die Lippen und begann wie ein Verdurstender zu trinken. Wie Wasser schüttete er den hochprozentigen Schnaps in sich hinein, hielt dabei die Augen genüßlich geschlossen.

Unter Ächzen und Stöhnen kam die Kuni mühsam wieder auf die Beine. Das Gesicht schmerzverzerrt, betastete sie ihr Kreuz. Leise jammerte sie: »Ich fürcht', ich hab' mir was getan ...« Der Heini reagierte nicht.

Plötzlich kam ihr zu Bewußtsein, was sie angerichtet hatte. Ihre Angst darüber war größer als der schneidende Schmerz in ihrem Rücken. »Heini, um Gott's willen' gib die Flasch'n wieder her!« schrie sie.

Doch es war zu spät. Er dachte gar nicht daran, dieser Aufforderung zu folgen. Das Krugel fest an sich gedrückt, zog er sich weiter ins Halbdunkel des Kellers zurück.

Nein, damit wollte sie nichts mehr zu tun haben! Der Heini sollte selber zuschauen, wie er da wieder herauskam! Es war die Furcht vor der Bäuerin, die jeden Moment heimkommen konnte, die die Kuni die Flucht ergreifen ließ. So schnell es ihr Zustand zuließ, hastete sie die Kellerstiege hinauf.

Sie spürte genau, daß etwas mit ihr nicht stimmte, weigerte sich jedoch, sich das einzugestehen. Dieses Ziehen im Rücken ... sie mußte sich halt eine leichte Prellung zugezogen haben beim Sturz auf die Kiste. Und die Übelkeit schob sie auf den ausgestandenen Schreck, den der Heini ihr eingejagt hatte, auf die Angst, was passierte, wenn die Bäuerin heimkam.

Schließlich sagte die Kuni dann aber doch zur Hauserin: »Du, ich glaub', ich leg mich ein wengl nieder. Mir ist net so ganz wohl ...«

»Jessas, es wird doch net schon soweit sein?« entfuhr es der Johanna.

»Naa, naa, wo denkst denn hin? Es sind ja noch vier Wochen, bis meine Zeit herum ist. Hab' mir wohl bloß den Magen ein bißl verdorben, oder ich hab' mich überhebt.«

Es gab für die Johanna keinen Grund, das zu bezweifeln. Sie wunderte sich allerdings darüber, wie schwerfällig und schleppend die Kuni die Treppe hinaufstieg. Bei sich mußte sie denken: »Na, ob sie sich da mit ihren vier Wochen net verrechnet hat?«

*

Es war wieder geschehenl

Nachdem er das halbe Krugel geleert hatte, fühlte sich der Kuglmüller-Heini großartig. Er befand sich nun haargenau in der rechten Stimmung, um sich eingehend mit seiner Frau zu unterhalten.

Sorgfältig versteckte er die Flasche; den Rest wollte er sich später einverleiben.

Obwohl er durch die lange Abstinenz an Alkohol nicht mehr gewöhnt war, sah man es nicht, daß er bereits schwer getrunken hatte, als er die Kellertreppe hinaufstieg. Er war zudem durchaus imstande, klar und scharf zu überlegen, während er in der Stube auf die Rückkehr seiner Frau wartete.

Obgleich er tief in seinem Innersten wußte, er tat der Sanni unrecht, genügte ihm der Verdacht, sich in eine immer gefährlichere Stimmung hineinzusteigern. Außerdem brauchte er ja eine Ausrede für seinen Rückfall, mußte die Schuld von sich auf andere schieben!

Die Kuni würde ihre Anschuldigungen gewiß nicht bloß aus der Luft gegriffen haben. Sicherlich hatte sie einiges wahrgenommen und erlauscht, denn ansonsten hätte sie wohl kaum die Dreistigkeit besessen, so mit ihm zu reden.

Je länger er über alles nachdachte, desto wahrscheinlicher erschien ihm die Möglichkeit, daß es zwischen seiner Frau und dem Leonhard mehr gab, als gemeinhin erlaubt war. Gelegenheit hatten sie dazu ja häufig genug gehabt, nachdem man ihn, den Heini, in sicheren Gewahrsam abgeschoben hatte! Sein Ziehbruder war von jeher der gescheitere, stärkere und erfolgreichere gewesen, warum also nicht auch bei der Sanni?

»Wo blieben die beiden nur? Sie hätten doch längst zurück sein müssen!«

Zu allem Überfluß kam jetzt auch noch die Johanna herein und bemerkte: »Heut' sind s' aber lang aus, die Bäuerin und der Leonhard! Wo s' grad so lang bleiben?«

Himmiherrgott, er brauchte noch einen kleinen Schluck, sonst hielt er dieses untätige Herumsitzen und Warten nicht mehr aus! Er wurde immer aufgeregter.

Der Heini ging wieder in den Keller, holte das steinerne Krugel aus dem Versteck, verschwand damit wenig später in der ehelichen Schlafkammer. Es war ohnehin vernünftiger, hier, ohne Zuhörer und unter vier Augen, mit seiner Frau zu reden.

Als der Leonhard und die Sanni heimkamen, stand der Kuglmüller am Fenster, sah die Mehlsäcke auf dem Wagen liegen und wußte, wo sie so lange gewesen waren. Es war ein gutes Stück talaus bis zur Kumpfmühle. Trotzdem dachte er nicht daran, seinen Argwohn und seinen Zorn aufzugeben. Er brauchte beides, um von seinem Versagen, seiner Schwäche abzulenken.

Er mußte nicht lange warten, bis seine Frau das Schlafzimmer betrat, um sich umzuziehen.

»Herrje, Heini, was tust denn du um diese Zeit da heroben?« fragte sie verblüfft.

Er antwortete nicht darauf, sondern wollte in schroffem Ton wissen: »Wo habt's euch denn gar so lang aufgehalten, er und du?«

»Wir sind noch in der Kumpfmühl' gewesen.« Betroffen blickte sie in sein Gesicht. »Was hast denn auf einmal?«

Daraufhin fuhr er sie grob an: »Mich kannst nimmer länger für dumm verkaufen, ich weiß genau, was g'spielt wird!« Seine Stimme wurde bitter und verletzend, als er fortfuhr: »Drum hab' ich in die Anstalt müssen! Ich bin euch beiden im

Weg gestanden! Und ich Hornochs hab's auch noch 'glaubt, daß das Kind von mir ...«

»Heini, du weißt ja nimmer, was du redest!« schrie die Sanni unvermittelt auf. »Wie kommst denn nur ...« Bis ins Innerste erschrocken, brach sie ab, starrte ihn voller Entsetzen an. »Heini, du hast ja wieder getrunken!« Ihr war, als hätte man ihr den Boden unter den Füßen weggezogen, als stürze sie ins Nichts.

»Na und? Kannst mich ja wieder zu einer Entziehungskur schicken, damit du mich los wirst.«

Müde schleppte sich die Sanni zum Bett, ließ sich darauf niedersinken. »Wer hat dir was gegeben? Woher hast ...? Es war alles umsonst, alles für nix und wieder nix. Mein Gott, Heini, warum hast uns das angetan? Herrgott' ich halt das nimmer aus!« Sie preßte das Gesicht ins Kissen, begann zu weinen.

Ungerührt holte der Heini das Krugel hervor, setzte es an die Lippen und leerte es bis auf den letzten Tropfen. Jetzt hatte er das Quantum, das ihn abstumpfte und gegen alles gefühllos machte. Der Alkohol hatte ihn bereits wieder in den Krallen.

Als sich die Sanni aufrichtete, sah sie ihren Mann mit glasigem, stumpfsinnigem Blick auf dem Bett liegen. Angewidert mußte sie sich abwenden. Sie konnte ihm nicht mehr helfen, ihr fehlte dazu die Kraft.

Der Leonhard saß am Tisch bei einer schnellen Brotzeit zwischendurch, als die Sanni die Stube betrat. »Was hast denn? Ist dir net gut?«

Ohne den Blick zu heben, murmelte sie tonlos: »Der Heini liegt droben – rauschig!«

Ihm wäre beinahe der Brocken im Hals stekkengeblieben. Es dauerte eine Weile, bis er tief betroffen hervorbrachte: »Woher hat er denn …? Das kann doch gar net sein!«

»Er muß sich irgendwo was versteckt gehalten haben«, erwiderte die Sanni. »Du weißt, was das bedeutet?«

Der Leonhard nickte nur stumm vor sich hin, wagte nicht, sie anzusehen. Heißer Zorn auf den Heini stieg in ihm auf, der sein Glück mit Füßen trat, sich und andere ins Unglück riß.

Die Vorwürfe, die ihr Mann ihr gemacht hatte, behielt die Sanni lieber für sich. Sie hätte sich zu sehr geschämt, Heinis Anschuldigungen vor dem Leonhard zu wiederholen.

Die Johanna erschien, berichtete mit einiger Besorgnis: »Ich weiß net recht, Bäuerin, was mit der Kuni los ist. Sie hat sich schon vor einer ganzen Weil' niedergelegt, weil ihr net ganz gut gewesen ist. Jetzt ist bald Stallzeit, und sie laßt sich allweil noch net wieder blicken.«

Den Kopf abgewandt – die Hauserin sollte ihre verweinten Augen nicht sehen –, entgegnete die Sanni mit einem schicksalsergebenen Aufseufzen:

»Ich geh' gleich auffi und schau nach.« Sie war zu sehr mit eigenen Sorgen belastet, als daß sie sich ernstliche Gedanken über Kunis Zustand gemacht hätte. Die Kuni drückte sich ja des öfteren vor der Arbeit.

Wenig später stieg die junge Kuglmüllerin langsam die Treppe hinauf. Plötzlich vernahm sie einen merkwürdigen Aufschrei; er klang gedämpft und doch schrill. Dieser Schrei mußte aus Kunis Kammer gekommen sein!

Das riß die Sanni aus ihrer Lethargie. Sie begann zu laufen und stürzte in die Kammer der Magd.

Halb aufgerichtet saß die Kuni im Bett, das Gesicht kalkweiß. Mit tief in den Höhlen liegenden, dunkel umrandeten Augen starrte sie der Bäuerin entgegen.

»Um Himmels willen, Kuni, was hast denn?«

Mit dünn klingender Stimme kam es stocken vom Bett her: »Ich muß geschlafen haben … bin grad wach geworden, und da … da hab' ich es g'spürt …«

»Jessas, hast Wehen?« entfuhr es der Sanni.

Daraufhin schüttelte die Kuni den Kopf, schlug die Bettdecke etwas beiseite. Von Angst geschüttelt, schluchzte sie auf. »Da, schau, alles voll Blut!«

Entsetzt starrte die junge Kuglmüllerin auf das hellrot verfärbte Leintuch. Ein kalter Schauder überlief ihre Haut. »Leg dich zurück, bleib ganz still liegen«, sagte sie in schwankendem Ton. »Ich lasse sofort die Hebamm' und den Doktor holen. Du darfst dich net aufregen. Hast Schmerzen, vielleicht doch Wehen?«

»Ich spür' kaum was, Bäuerin. Es kann doch noch net soweit sein. Weißt, ich bin heut aufs Kreuz g'fallen … war aber net so schlimm …«

»Herrgott, warum hast das net gleich …« Die Sanni brach ab, denn nun gab's Wichtigeres als Vorwürfe. »Bleib nur ganz ruhig liegen, rühr dich net! Ich komm' gleich wieder, sag bloß schnell Bescheid, daß jemand ins Dorf fahrt!« Erst als sie aus der Tür war, merkte sie, wie sehr ihre Knie zitterten, daß sie am ganzen Körper flog vor Aufregung.

Gleich darauf unterrichtete sie den Leonhard. Er sollte den Arzt verständigen und die Hebamme mitbringen.

»Sag dem Doktor, daß die Kuni gefallen ist, daß sie schon arg viel Blut verloren hat und die Gefahr besteht, sie könnt' verbluten! Der Doktor wird schon wissen, ob er den Krankenwagen gleich bestellen muß. Ich bitt' dich, fahr' was du kannst!« trug die Sanni ihm eindringlich auf.

»Bäuerin, ich kümmer' mich derweil um die Kuni«, erbot sich die Johanna. »Bleib du lieber hier herunten, bist ja selber schon ganz grün im G'sicht.«

Dankbar nahm die Sanni dieses Angebot an. Sie befürchtete schon eine Weile, daß ihre Beine sie nicht mehr lange tragen würden. Und droben in der Schlafkammer lag ihr Mann, der Bauer, kümmerte sich um nichts!

Wie lange sie dann in der Stube gesessen, ständig gegen aufsteigende Übelkeit angekämpft hatte, wußte die Sanni nicht, als die Johanna erschien.

Angst und Sorge spiegelten sich auf dem Gesicht der Hauserin wider. Den Tränen nahe, druckste sie hervor: »Bäuerin, die Kuni möcht' gern mit dir reden. Ich glaub', sie fürchtet, der Doktor könnt' zu spät kommen.«

»Jessas, Jessas, es wird doch net gleich so schlimm sein?«

Mit einem vagen Achselzucken erwiderte die Johanna: »Ich weiß net genau, Bäuerin, wieviel Blut ein Mensch verlieren kann, ohne daß er …« Sie sprach den Satz nicht zu Ende.

Als die junge Kuglmüllerin gleich darauf die Kammer der Magd betrat, erschrak sie über Kunis seltsam verändertes Aussehen; ihr Gesicht wirkte fremd und verfallen. Die Sanni zwang sich zu einem aufmunternden Lächeln: »Du brauchst keine Angst zu haben, der Doktor wird gleich kommen. Hast jetzt Schmerzen?«

»Net der Rede wert«, kam es leise vom Bett her. Die Stimme wurde etwas kräftiger, klang erregt, als die Kuni fortfuhr: »Bäuerin, ich muß mit dir reden, eh's am End' zu spät sein könnt'!«

»Geh' Kuni wer wird denn gleich an so was denken. Noch dazu in deinem Alter, mit deiner robusten Gesundheit«, versuchte die Sanni sie zu beruhigen.

Die Magd hielt den Blick starr auf ihre Hände gerichtet, die auf der Bettdecke lagen. Stockend begann sie: »Ich hätt' nie was g'sagt, ich hätt' mein Wort schon g'halten … Aber jetzt muß ich an mein Kindl denken. Vielleicht lebt's doch, bleibt allein zurück … »Ich bitt' dich, Kuni, mach dir keine solchen Gedanken, es wird alles gut werden«, fiel die Sanni ihr rauh ins Wort; dabei kämpfte sie gewaltsam gegen die aufsteigenden Tränen.

Plötzlich hob die Kuni den Blick, sah sie mit unruhig flackernden Augen an. »Ich hab' mich schwer versündigt, Bäuerin, du mußt es mir halt verzeihen! Der Heini, unser Bauer, ist der Vater von meinem Kind!«

Die Sanni stand wie zur Salzsäule erstarrt da, wünschte, sich verhört zu haben. Doch dies mußte schon die Wahrheit sein!

»Es ist halt passiert, aber wissen hat er letztlich doch nix von mir wollen, glaub mir, Bäuerin! Weißt, ich hab' g'hofft' ich könnt's zwingen, das Glück. Geholfen hat's mir nix. Jetzt ist da bloß noch die Sorg' um das Kindl. Sollt's leben, möcht' ich dich inständig bitten, daß du es net vergelten laßt' was ich dir angetan hab'!«

Indes war mit der Sanni etwas Ungewöhnliches geschehen. Sie spürte weder Schmerz noch Zorn, nicht einmal Enttäuschung, daß man ihr auch das noch zugefügt hatte. Fast war's, als wäre das alles gar nicht ihr geschehen, als wäre sie nur eine unbeteiligte Zuhörerin.

»Um dein Kind brauchst dich net zu sorgen, Kuni, sagte sie leise. »Es soll mit dem meinigen aufwachsen, wird bei uns daheim sein. Ich versprech's.«

Da kam's mit einem befreiten Aufatmen zurück: »Vergelt's Gott' Bäuerin! Ich hab' dir schon arg viel angetan … kannst mir verzeihen?«

Die Sanni wußte nicht, ob sie das wirklich konnte, doch sie nickte, es war schließlich auch einerlei, war nicht mehr wichtig.

In diesem Augenblick hörte man ein Auto auf den Hof fahren, anhalten.

»Gott sei Dank, jetzt ist der Doktor da!« murmelte die Sanni und verließ beinahe fluchtartig die Kammer. Draußen auf dem Flur blieb sie einen Augenblick stehen und starrte wie benommen vor sich hin, dann ging sie mit steifen, hölzernen Schritten den Flur entlang und betrat ihre Schlafkammer.

In Kleidern und Schuhen lag der Heini ausgestreckt auf dem Bett, tat keinen Mucksen. Er würde wohl bis morgen früh brauchen, um seinen Rausch auszuschlafen, um wieder halbwegs ansprechbar zu sein. Es war ganz und gar sinnlos, ihn jetzt aufzuwecken.

Angewidert, ja verächtlich blickte die junge Kuglmüllerin auf ihren Mann hinab. Sein Gesicht wirkte geradezu einfältig.

Irgendwann hörte sie den Arzt die Treppe heraufkommen. Um ihm jetzt nicht begegnen zu müssen, wartete sie noch eine Weile, ehe sie in die Küche zur Johanna hinunterging.

Mit einem geradezu ehrfürchtigen Vertrauen in die ärztliche Kunst sagte die Hauserin: »Unser Doktor wird der Kuni g'wiß helfen können.«

»Geb's Gott, daß du recht hast!«

Nun begann die Sanni ruhelos umherzuwandern – von der Küche hinaus in die Stube, durch die Stube und wieder zurück in die Küche. Sie versuchte, sich auf alles mögliche zu konzentrieren, nahm bald dies und bald jenes in die Hand, um es sofort wieder wegzulegen. Nur nicht nachdenkenl

Zu allem Überfluß murrte dann die Johanna: »Ich tät's dem Kerl, der der Kuni das angetan hat, wünschen, daß er das jetzt miterleben müßt'! Es sind halt allweil wieder die Weiberleut', die alles allein auszubaden haben.«

Was sie wohl sagen würde, hätte sie die Wahrheit gekannt?

Der Leonhard erschien – ohne die Hebamme. »Gott sei Dank' daß wenigstens der Doktor da ist! Die Hebamm' kann so bald net kommen, sie ist bei der Fuchsenbäuerin.«

Es dauerte noch eine ganze Weile, bis Doktor Gerber in die Stube kam und mit tiefer Besorgnis sagte:

»Ich konnte leider nicht viel tun, um die Blutung zum Stillstand zu bringen. Es muß sofort operiert werden ... Ein Kaiserschnitt, um zumindest das Kind zu retten ...

»Jess', Mar' und Josef!« entfuhr es der Johanna, während die Sanni zusammenzuckte.

Schon fuhr der alte Doktor fort: »Es hängt alles davon ab, wann der Krankenwagen eintrifft, den ich bereits für alle Fälle verständigt habe.«

Nun mußte sich die Sanni niedersetzen; sie spürte, wie ihr der kalte Schweiß ausbrach.

»Und der Heini liegt droben und schläft seinen Rausch aus!« dachte sie immer wieder.

Doktor Gerber trat zu ihr und legte die Hand auf ihre Schulter. »So was kommt nur selten vor, deswegen brauchst du um dein Kindl und dich keine Angst zu haben. Die Kuni muß sehr unglücklich gefallen sein. Soll ich dir was zur Beruhigung geben?

»Nein, nein, Herr Doktor, vergelt's Gott! Gehen S' nur wieder zur Kuni«, entgegnete die Sanni leise. »Sie braucht die Hilf nötiger.«

Die Zeit vertröpfelte mit quälender Langsamkeit, derweil droben in der Kammer der Arzt untätig und hilflos mit ansehen mußte, wie Kunis Leben unaufhörlich verrann.

Als der Krankenwagen endlich kam, war es zu spät. Man trug eine Sterbende aus dem Kuglmüllerhof. Eine schwache, von klein auf getretene Kreatur bezahlte mit ihrem Leben, weil sie versucht hatte, auf die vermeintliche Sonnenseite des Lebens zu gelangen.

*

Ein Mühlrad schien sich im Kopf des Kuglmüller-Heini zu drehen, als er erwachte. Geblendet vom Licht der Sonnenstrahlen, mußte er die Augen sofort wieder schließen. Er fühlte sich sterbenselend. Wie ein dicker Schwamm klebte ihm die Zunge am Gaumen; seine Kehle war ausgedörrt.

Erst nach und nach dämmerte ihm, was geschehen war: er hatte wieder getrunken! Mühsam richtete er sich auf; verzweifelt schlug er sich gegen die Stirn. Angst und bittere Reue überfielen ihn. Endlich wurde ihm richtig bewußt, daß er erneut mitten im Schlamassel saß, sich und anderen eine Last war. Die Erkenntnis traf ihn wie ein Keulenschlag.

Auf dem Bett hockend, begann er zu weinen, gepackt von heißem Selbstmitleid, aber auch von

Scham. Die Furcht vor neuerlichen Qualen kroch ihm in die Glieder, ließ ihn am ganzen Körper erzittern.

So fand ihn seine Frau, als sie die Kammer betrat. Mit ausdrucksloser Miene betrachtete die Sanni ihn. »Heini?«

»Sanni, es tut mir so leid, daß ich mich wieder hab' hinreißen lassen«, begann er. »Ich weiß auch net, wie's über mich gekommen ist ...«

Sie fiel ihm ins Wort: »Die Kuni ist tot.«

Verständnislos sah er sie an, hatte sichtlich Mühe, den Sinn ihrer Worte zu begreifen.

»Sie ist gestern so unglücklich gefallen, hat sich inwendig so schwer verletzt, daß sie verbluten hat müssen. Der Doktor hat ihr nimmer helfen können, sie ist auf dem Weg ins Krankenhaus gestorben. Und das Kindl ist auch tot!«

Bei jedem Satz war der Heini wie unter einem Peitschenhieb zusammengezuckt. Nun schlug er die Hände vors Gesicht und stöhnte auf: »Mein Gott, und ich bin dran schuld!«

Die Sanni erkannte das Ausmaß seiner Schuld natürlich noch nicht. »Sie hat noch mit mir geredet und gesagt, du wärst der Vater ...«

Er schien die Worte nicht gehört zu haben; von bitteren Selbstvorwürfen gepeinigt, klagte er sich an: »Ich ... ich hab's getan, weil sie mir das Krugel net gleich hat geben wollen! Ich hab' was zu trinken 'braucht, hab's net erwarten können, hab' ihr den Stoß versetzt, so daß sie rücklings über die Holzkist'n ...«

»Was?« Sannis Stimme war verzerrt von Angst und Grauen. »Was redest da?«

Der Heini begriff, daß seine Frau keine Ahnung davon hatte, was im Keller geschehen war. Weil er jedoch mit dem furchtbaren Geschehen allein nicht fertig wurde, er von ihr Hilfe und Beistand erwartete, berichtete er in abgehackten Sätzen, wie sich der unheilvolle Sturz zugetragen hatte.

Von Entsetzen gepackt, starrte die Sanni ihn an. Sie war nicht mehr fähig, für ihn, der sich und andere zerstörte, Mitleid aufzubringen. In ihr schien alles abgestorben, tot zu sein.

»Ich bitt' dich, Sanni, hilf mir!« flehte er.

»Ich kann nimmer«, sagte sie tonlos, wandte sich um und verließ die Kammer.

Als dem Heini klar wurde, daß er nun allein war mit seiner Sucht, der Schuld und auch mit der Furcht, immer tiefer in den grauenvollen Sumpf zu sinken, geriet er in Panik.

Herrgott, was zu trinken! Ja, er brauchte unbedingt etwas zu trinken, ehe er völlig durchdrehte!

Nüchtern bekam er das heulende Elend! Ihm blieb nichts anderes als der verhängnisvolle Trost aus der Flasche! Nur im Rausch war Vergessen!

Er mußte ins Dorf um eine Flasche Schnaps! Hernach würde er das Bild der Kuni, die mit seinem Kind unterm Herzen hatte verbluten müssen, nicht mehr sehen! Und auch nicht das Gesicht seiner Frau, ihre Augen, die ihn so kalt und voller Abscheu angeblickt hatten.

Die Sanni machte keinen Versuch, ihren Mann zurückzuhalten, als er das Haus verließ. Es wäre ohnehin zwecklos gewesen.

In ihr war aller Lebensmut erloschen, verdorrt. Mit verschlossenem Gesicht, müden Bewegungen verrichtete sie ihre Arbeit.

Noch am selben Abend zog die Sanni aus der ehelichen Schlafkammer aus. Der Heini protestierte nicht. Er trank bald mehr als jemals zuvor. Doch im Gegensatz zu früheren Zeiten hielt er sich anderen gegenüber zurück, kam niemandem in die Quere.

Es war schwer für den Leonhard, mit ansehen zu müssen, wie die Sanni litt, wie der Kummer sie zerfraß. Sie sagte nichts, klagte nicht, aber er sah das tiefe Leid und die Hoffnungslosigkeit in ihren Augen.

Auch den Qualen gegenüber, die sein Ziehbruder durchmachte, blieb er nicht gefühllos. Obwohl der Heini an seinem Elend gewiß selber schuld war, tat er dem Leonhard leid. Doch dem Heini war wohl nicht mehr zu helfen

*

Es war der Morgen, an dem die Kuni beerdigt werden sollte.

Die Sanni und die Dienstboten waren fertig zum Kirchgang angezogen; man wartete schon seit geraumer Zeit auf den Bauern. Schließlich verlor der Leonhard die Geduld, er rannte hinauf in Heinis Kammer.

Als er eintrat, verschlug es ihm schier den Atem. Widerlicher Alkoholdunst stieg ihm in die Nase; leere Flaschen lagen auf dem Boden, waren unters Bett gerollt.

Mühsam richtete sich der Heini aus dem zerwühlten Bettzeug auf, sah den Leonhard mit geröteten Augen an. »Was'n los?« fragte er undeutlich.

»Heini, Herrgott' so steh doch endlich auf! Heut' ist die Beisetzung von der Kuni, und da g'hört es sich, daß der Bauer mit dabei ist. Alle warten bereits.«

»Ich kann net, ich bin krank«, kam es jammernd aus dem Bett.

»Kein Wunder, wennst dich da systematisch z'sam'saufst«, erwiderte der Leonhard vorwurfsvoll.

»Komm jetzt, steh auf! Nimm dich doch ein wengl z'samm!«

»Ich kann wirklich net! Es wird auch ohne mich gehen.«

Da riß dem Leonhard die Geduld' hart stieß er hervor: »Daß du dich net schamst! Aber mach nur weiter so, nachher endest über kurz oder lang in einer geschlossenen Anstalt! Leut wie du müssen vor sich selber g'schützt werden!«

»Hau ab und laß mich in Ruh!«

Mit einem Achselzucken verließ der Leonhard die wüst aussehende Kammer, konnte sich eines leisen Ekels nicht erwehren.

Kaum war der Heini allein, stöhnte er qualvoll auf und preßte das Gesicht ins Kissen. Nicht zum erstenmal suchte ihn das Gespenst Anstalt heim, ängstigten ihn die Qualen und Schrecken einer weiteren Entziehungskur. Nein, so weit durfte es nicht kommen!

Mit zitternden Händen tastete er nach der Flasche, die auf dem Nachtkästchen stand. Ein paar Schlucke, und das Zittern ließ nach. Ihm wurde gleich wieder wohler. Nur das Bild der Kuni, das ließ sich heute nicht hinwegspülen.

So wie jeden Morgen, in diesem kurzen Zustand einer halben Ernüchterung, wurde ihm sein ganzes Elend, seine Tragödie bewußt, sein selbstzerstörerischer Drang, der auch andere mit ins Unheil riß.

Doch an diesem Tag, an dem man die Kuni beerdigte, verfiel er nicht in weinerliches Selbstmitleid, sondern stellte sich seiner Einsicht und Selbsterkenntnis. Er wußte jetzt, er konnte nicht mehr in ein normales Leben zurückfinden. Es sollte jedoch auch kein Vorwärts geben, kein tieferes Versinken in diesem verderbenbringenden Sumpf.

Es gab für ihn nur eine Möglichkeit, zu entrinnen und sich zu befreien, wollte er nicht auf menschenunwürdige Art zugrunde gehen. Denn noch hatte er die Kraft; den Mut dazu gab ihm die Verzweiflung.

Nun, da er sich zu diesem Entschluß durchgerungen hatte, handelte der Kuglmüller-Heini überlegt, war darauf bedacht, seiner Frau und seinem Kind, dem Ansehen seines Namens wenigstens die letzte Schande zu ersparen.

Er genehmigte sich noch einen Schluck aus der Flasche; daraufhin wirkte seine Miene entspannt, fast heiter, als er seine Kammer verließ und zum Gewehrschrank ging.

Der Leonhard würde wohl ahnen, daß es kein Unfall gewesen sein konnte, denn er wußte, wie gut er, Heini, mit diesen Waffen umzugehen verstand. Aber der Leonhard würde schweigen, wie er schon zu so vielem geschwiegen hatte.

*

Es war fast Mittag, als man von der Beerdigung und dem Leichentrunk heimkam, den die Kuglmüllerischen für die Kuni ausgerichtet hatten.

Die Johanna ging als erste ins Haus. Gleich darauf ertönte ein gellender, durchdringender Schrei.

»Herrgott, was ist denn schon wie ...« Der Sanni blieb das Wort im Hals stecken, als die Hauserin, das Gesicht schreckensbleich, wieder aus dem Haus kam.

»Bäuerin, geh net eini! Um alles in der Welt, bleib da! In der Stuben ... der Bauer ... beim Gewehrputzen ... Er ist tot!«

Nach allem, was die junge Kuglmüllerin in der letzten Zeit durchgemacht hatte, konnte sie dies nicht mehr verkraften. Sie griff sich an den Hals, wankte und sank dann bewußtlos in Johannas Arme – von einer barmherzigen Ohnmacht umfangen.

Der Leonhard brachte die Sanni hinauf in die kleine Kammer, in der sie seit kurzem genächtigt hatte. Behutsam ließ er sie aufs Bett gleiten.

Er war es auch, der neben dem Bett saß, als die Sanni die Augen aufschlug, die sich sogleich mit Tränen füllten. Endlich konnte sie wieder weinen.

Als sie zu reden versuchte, sagte der Leonhard mit weicher, sanfter Stimme: »Sag nix, Sanni. Dazu ist später noch viel Zeit.«

Sie nickte dankbar; auch sie wußte, irgendwann würde sie kommen, diese Zeit, denn irgendwann würden die Wunden verheilt sein.

* *
*